IOAN SLAVICI

The Fairy Aurora
Bilingual Book

Zâna Zorilor
Carte bilingvă

Fairy Aurora
Bilingual book
Illustrations: Diana Andriuca
Modern translation by Iulia Bodeanu after original
text by Mite Kremnitz.

Zâna Zorilor
Carte bilingvă
Ilustrații de Diana Andriucă
Varianta modernizată a traducerii din limba engleză
de Mite Kremnitz a fost făcută de Iulia Bodeanu.

ISBN 978-1-936629-03-9

Reflection Publishing LLC
P.O.Box 2182, Citrus Heights, CA 95611-2182
Tel: (916) 604-6707; Website: www.reflectionbooks.com

The Fairy Aurora

by Ioan Slavici

Once upon a time something happened. If it hadn't happened, it wouldn't be told.

There was once a great and mighty emperor, whose kingdom was so large that no one knew where it began and where it ended. Some believed it was boundless, others said that they dimly remembered having heard from very old people that the emperor had formerly engaged in war with his neighbors, some of whom had proved greater and more powerful, others smaller and weaker than he.

One piece of news about this emperor went all through the wide world—that he always laughed with his right eye and wept with the left. People vainly asked the reason that the emperor's eyes could not agree, and even differed so entirely. When great heroes went to the emperor to question him, he smiled evasively and made no reply. So the difference between the monarch's eyes remained a profound mystery, whose cause nobody knew except the emperor himself.

Then the emperor's sons grew up. Ah, what princes they were! Three princes in one country, like three morning stars in the sky! Florea, the oldest, was tall like a tree, with broad, strong shoulders. Costan was very different, short, strongly built, with a muscular arm and a stout fist. The third and youngest prince was named Petru—a tall, slender fellow, with delicate features, more like a girl than a boy.

Zâna Zorilor

Ioan Slavici

A fost ce-a fost: dacă n-ar fi fost nici nu s-ar povesti.

A fost odată un împărat, un împărat mare și puternic; împărăția lui era atât de mare, încât nici nu se știa unde se începe și unde se sfârșește. Unii ziceau că ar fi fără de margini. Iar alții spuneau că țin minte de a fi auzit din bătrâni că s-ar fi bătut odinioară împăratul cu vecinii săi, din care unii erau și mai mari și mai puternici, iară alții mai mici și mai slabi decât dânsul.

Despre împăratul acesta a mers vorba cât e lumea și țara, cum că cu ochiul cel de-a dreapta tot râde, iară cu cel de-a stânga tot lăcrimează neîncetat. În zadar se întreba țara, că oare ce lucru să fie acela, că ochii împăratului nu se pot împăca unul cu altul. Dacă mergeau voinicii la împărat ca să-l întrebe despre asta, el zâmbea a râde și nu le zicea nimic. Așa rămase vrajba dintre ochii împăratului o taină mare despre care nu știa nimeni nimic, afară de împărat.

Crescură feciorii împăratului. Ce feciori! Ce feciori! Trei feciori în țară ca trei luceferi pe cer!

Florea, cel mai bătrân era de un stânjen de înalt, cu niște umeri încât nu l-ai putea măsura cu patru palmi cruciș. Cu totul altul era Costan: mic la statură, îndesat la făptură, cu brațul de bărbat, cu pumnul îndesat. Al treilea și cel mai tânăr fecior al împăratului e Petru: înalt, dar subțire, mai mult fată decât fecior.

Petru did not talk much, he laughed and sang, sang and laughed, from morning till night. Only he was often seen in a graver mood, when he pushed back the curling locks from his forehead and looked like one of the old, wise men who belonged to the emperor's council.

"Come, Florea, you are grown up, go to our father and ask him why one of his eyes always weeps and the other always laughs," said Petru, one fine morning to his brother Florea. But Florea would not go; he knew by experience that the emperor would become upset if any one asked him that question. Petru went to his brother Costan and received the same response.

"Very well, if nobody else dares, I'll go and ask him!" he said at last. No sooner said than done, Petru instantly went and asked.

"What is it to you?" replied the emperor wrathfully, giving him a slap across his right ear and another on the left. Petru went sadly away, and told his brothers how his father had treated him. Yet, after the young prince had asked what was the matter with the eyes, it seemed as though the left one wept less and the right one laughed more. Petru plucked up his courage and went to the emperor again. A slap across the ear is a slap across the ear, and two of them are two! It was no sooner thought than done. Petru received the same treatment from his father the second time. But the emperor's left eye now only wept occasionally and the right eye seemed ten years younger.

"If that's the way things stand," thought Petru, "I know what I have to do. I'll keep going to him, keep repeating the question, and keep receiving the slaps across my ears until both eyes laugh."

No sooner said than done. Petru continued to go to his father with the same result.

Petru nu face multă vorbă: el râde şi cântă, cântă şi râde de dimineaţă până-n seară. Numai câte odată-l vede omul mai întunecat, dă cu mâna pletele în dreapta şi în stânga de pe frunte şi atunci ţi se pare că vezi pe un bătrân din sfatul împăratului.

- Măi Floreo, tu eşti acum mare; du-te şi întreabă pe taica, pentru ce-i plânge lui un ochi, iar altul râde pururea.

Aşa zise Petru către frate-său Florea într-o bună dimineaţă. Dar Florea nu s-a dus; el ştia încă de mic că împăratul se supără dacă-l întreabă cineva de astă treabă.

Tot aşa o păţi Petru şi cu frate-său Costan.

- Nu cutează nici unul. Lasă c-oi cuteza eu, zise la urmă Petru. Vorba fu zisă. Lucrul fu gata. Petru merse ca să întrebe.

- Ce treabă ai tu de aceea?! îi zise împăratul mânios, şi-i dete o palmă pe de-a dreapta şi alta pe de-a stânga.

Petru se duse supărat şi spuse fraţilor săi cum a păţit-o cu tatăl său.

De când a întrebat Petru de treaba ochilor, se părea cum că ochiul cel din stânga plânge mai puţin, iară cel din dreapta râde mai mult. Petru îşi întări inima şi mai merse o dată la împărat. O palma e o palma şi două-s două! Gândi şi făcu.

O păţi din nou, cum a mai păţit-o.

Ochiul cel din stânga lăcrima acuma numai din când în când, iară cel din dreapta se părea a fi înjunit cu zece ani.

- Dacă e treaba aşa, gândi acum Petru, apoi ştiu eu ce-oi face. Atâta mă duc, atâta întreb, atâta rabd la pălmi, până ce vor râde amândoi ochii.

A zis-o, a şi făcut-o! Petru nu zicea nimic de două ori.

"My son Petru," began the emperor, this time in a pleasant tone and laughing with both eyes, "I see that you can't drive this anxiety out of your head, so I'll tell you what is the matter with my eyes. Know that this eye laughs when I see that I have three such sons as you, but the other weeps because I fear that you will not be able to reign in peace and protect the country against bad neighbors. But if you bring me water from the fountain of the Fairy Aurora that I may bathe my eyes with it, both will laugh, because I shall then know that I have brave sons that I can rely on."

Such were the emperor's words. Petru took his hat from the bench by the stove, and went to tell his brothers what he had heard. The princes consulted together and soon settled the matter, as is proper among brothers. Florea, being the oldest, went to the stables, chose the best and handsomest horse, saddled it, and said farewell to his home.

"I will go," he said to his brothers; "and if, at the end of a year, a month, a week, and a day, I have not returned with the water, you can follow me, Costan." With these words he departed.

For three days and three nights Florea did not stop; his horse flew like a ghost over the mountains and valleys till it reached the frontiers of the empire. But all around the emperor's land ran a deep gulf, and across this abyss there was only a single bridge. Here Florea halted to look back and waved farewell to his native land.

May the Lord preserve even a Pagan from what Florea now saw when he wanted to go on - a dragon! But a dragon with three heads and the most horrible faces, with one jaw in the sky and another on the earth. Florea did not wait for the dragon to shower him in flames, but set spurs to his horse and vanished as if he never existed.

- Fătul meu, Petre! zise împăratul, acuma mai blând și râzând cu amândoi ochii. Eu văd că ție nu-ți iese grija din cap; ți-oi spune dar cum stă treaba cu ochii mei. Vezi, ochiul acesta râde de bucurie când văd că am așa trei feciori ca voi; iar celălalt plânge pentru că mă tem că voi nu veți fi în stare să împărățiți în pace și să apărați țara de vecinii cei vicleni. Dacă-mi veți aduce însă apă de la fântâna Zânei Zorilor, ca să mă spăl cu ea pe ochi, îmi vor râde amândoi ochii, căci voi ști că am feciori voinici, pe care mă pot răzema.

Așa zise împăratul. Petru își luă pălăria de pe prispă și se duse să spună fraților săi ce-a auzit. Feciorii împăratului se puseră la sfat și gătiră lucrul pe scurt, cum se cade între frații cei buni. Florea, ca cel mai bătrân dintre cei trei, se duse în grajd, alese calul cel mai bun și mai frumos puse șaua pe el și apoi luă ziua-bună de la casă și masă.

- Mă duc, zise către frații săi, și dacă nu voi veni într-un an, o lună, o săptămână și o zi cu apă de la fântâna Zânei Zorilor să vii tu Costane după mine.

Și se duse. Trei zile și trei nopți Florea nu mai stătu; calul zbură ca năluca peste munți și peste văi până ce n-ajunse la marginile împărăției.

Jur împrejur pe lângă împărăție era o prăpastie adâncă și peste această prăpastie o singură punte. La puntea asta mai stătu Florea o dată să privească înapoi, apoi să ia «ziua-bună» de la țară.

Ferească Dumnezeu și pe sufletul păgân de aceea ce văzu Florea acum, când era să plece mai departe. Un balaur! dar balaur cu trei capete, cu niște fețe grozave, cu o falcă-n cer, cu una-n pământ. Florea nici nu mai așteptă ca balaurul să-l scalde în văpaie, ci dete pinteni la cal și se duse ca și când nici n-ar fi fost aici.

The dragon sighed once and disappeared, without leaving a trace behind. A week passed; Florea did not return; a month slipped by, but nothing was heard of him. A month elapsed; Costan began to search among the horses to choose one. When morning dawned after a year, a month, a week, and a day, Costan mounted his horse, took leave of his youngest brother, and saying to him, "Come, if I am lost too," rode off as Florea had done.

The dragon at the bridge was now still more terrible, his heads were more frightful - and the hero fled still faster. Nothing more was heard of the two brothers; Petru remained alone.

"I am going to follow my brothers," he said one day to his father.

"Then may God go with you," replied the emperor. "He alone knows whether you will have better luck than your brothers."

So the emperor's youngest son also told him farewell and set off for the frontiers of the empire. On the bridge stood a dragon still larger and more horrible, with jaws even more frightful. The creature now had seven heads instead of three. Petru stopped when he beheld this monster. "Get out of the way!" he shouted. The dragon did not move. Petru called a second and a third time, then rushed forward with his sword raised. Instantly the sky darkened so that he saw nothing but fire. Fire on the right, fire on the left, fire before him, fire behind him. The dragon was spitting fire from every one of its seven heads.

The horse began to neigh and rear, so that our hero could not strike with his sword.

"Hold! This won't do!" said Petru, dismounting and seizing the horse's bridle with his left hand, while he held his sword in his right hand.

Balaurul suspină o dată și pieri fără de urmă. Trecu o săptămână! Florea nu mai veni; trecură două; de Florea nu se mai auzea nimic.

Trecu o lună; Costan începu a alege între cai. Când crăpară zorile de un an, o lună, o săptămână și o zi, Costan se sui pe cal, își luă ziua-bună de la frate-său mai mic.

- Să vii și tu, dacă voi pieri și eu, zise și se duse cum s-a dus și frate-său.

Balaurul de la punte era acum mai înfricoșător: capetele lui erau mai îngrozitoare și fuga voinicului mai repede.

Nu se mai auzi de cei doi frați. Petru rămase singur.

- Mă duc și eu în urma fraților mei, zise el într-o zi către tatăl său.

- Apoi mergi cu Dumnezeu, îi zise împăratul, doară vei avea mai mult noroc decât frații tăi.

Și cel mai tânăr fecior al împăratului luă dară «ziua-bună» și porni către marginea împărăției. Pe puntea cea mare stătea acum un balaur și mai mare și mai grozav, cu fălcile și mai înfricoșătoare și mai deschise. Balaurul avea acum nu trei, ci șapte capete. Petru stătu în loc când văzu dihania asta înfricoșată. «Feri din cale!» strigă apoi. Balaurul nu feri. Petru mai strigă o dată și încă de trei ori; după aceea se repezi la el cu sabia scoasă. Îndată i se întunecă cerul de nu văzu alta decât foc! Foc în dreapta, foc în stânga, foc pe dinainte, foc pe dinapoi. Balaurul arunca la foc din toate șapte capetele.

Calul începu a horcăni și a se arunca în două picioare încât voinicul nu putea să lupte cu sabia.

«Stai! c-așa nu-i bine!» zise el și se coborî de pe cal. În mâna stânga calul, în mâna dreapta sabia.

That plan would not do either. Prince Charming saw nothing but fire and smoke.

"I'll go home—to get a better horse," said Petru, and he mounted the horse, and went away to come back again.

When he reached the place his nurse, old Birscha, was waiting for him at the court-yard gate.

"Ah, my son Petru! I knew you would be obliged to come back again, because you didn't set out right."

"How should I have gone?" asked Petru, half angrily, half sadly.

"You see, my dear Petru," the old nurse began, "you can't reach the fountain of the Fairy Aurora unless you ride the horse which your father, the emperor, rode in his youth; go, ask who owns that horse and where it is, then mount it and depart." Petru thanked her for her directions, and then went off to ask about the horse.

"Who told you to ask me that?" Asked the emperor. "It must surely have been that witch, Birscha. Are you crazy? Fifty years have passed since I was young, who knows where the bones of the horse I used to ride are rotting? It seems to me that there's one strap of the bridle lying on the stable floor. It's all I have left of the horse."

Petru went off in a rage and told her the whole story.

"Just wait," shouted the old woman, laughing.

"If that's the way things are, very well. Go and bring me the piece of the bridle, I shall know how to turn it into something of use."

The floor was covered with saddles, bridles, and straps; Petru chose the most tattered, and rusted, and carried it to the old woman, that she might do with it what she had promised.

Nici aşa nu merse: Făt-Frumos nu vedea altceva decât foc şi văpaie.

- Acasă! după alt cal mai bun! Petru zise, încălecă şi se duse ca iarăşi să vină. Când sosi acasă, îl aşteptă lăptătoarea sa baba Bârsa în poarta curţii.

- Hei fătul meu Petre! am ştiut cum că iară ai să vii fiind-că n-ai plecat bine.

- Cum să fi plecat dară? întrebă Petru pe jumătate supărat, pe jumătate trist.

- Vezi, dragul meu Petre, începu a-l învăţa acuma baba, tu nu vei putea merge la fântâna Zânei Zorilor decât dacă vei călări pe calul pe care a călărit tată-tău împăratul în tinereţea sa; mergi, întreabă unde şi care e calul acela. După aceea încalecă şi te du.

Petru mulţumi de învăţătură şi apoi se duse, ca să-l întrebe pe împărat de cal.

- Cine te-a învăţat ca să mă întrebi tu pe mine aşa? se răsti acum împăratul. De bună seamă că vrăjitoarea Bârsa. Ai tu minte? Au trecut cincizeci de ani de când am fost eu june. Cine ştie pe unde au putrezit oasele murgului meu de atuncea?! În podul grajdului îmi pare, mai este o curea din frâu. Atâta mai am şi mai mult nimic din cal.

Petru icni supărat şi spuse babei «cum şi ce».

- Aşteaptă numai - strigă baba râzând de bucurie.

- Dacă aşa stau lucrurile, apoi stau bine. Du-te şi adu bucata din frâu. Am să ştiu să fac eu ce trebuie cu ea.

Podul era plin de frâie, de şele şi de curele. Petru alese cele mai roase, mai ruginite şi mai neîngrijite şi le duse babei, ca să facă precum a fost zis.

The old nurse took the bridle, smoked it with incense, muttered a short spell over it, and then said to Petru.

"Take the bridle and strike the pillars of the house with it."

Peasant cottages, like Birscha's, usually have several pillars in front, which support the projecting roof. Petru did as he was told. The old woman's charm worked well. Scarcely had Petru struck the pillars when something happened, that utterly amazed him. A horse stood before him, a horse like the world had never seen before. Its saddle was made of gold and jewels, its bridle glittered so that one dared not look at it for fear of being blinded. A beautiful horse, beautiful saddle, and beautiful bridle for the handsome prince!

"Jump on the horse's back, my young hero" shouted the old woman, making the sign of the cross over the horse and the rider; then she repeated a short charm and went into her cottage. After Petru had leaped on the horse he felt three times as much strength in his arms and three times as much courage in his heart.

"Hold fast, master, for we have a long journey and must go swiftly," said the horse, and the hero soon saw that they galloped, galloped, galloped, as they never had galloped before. On the bridge now stood a dragon unlike any other, a dragon with twelve heads, each one more terrible, more fiery than the others. Ah, but the monster found its match.

Petru did not back away, but began to roll up his sleeves. "Out of the way!" he shouted. The dragon began to spit fire. Petru wasted no more words, but drew his sword and prepared to rush upon the bridge.

"Hold, calm yourself, master," said the horse, "do as I tell you; press the spurs into my sides, draw your sword, and be ready, for we must now leap over the bridge and the dragon.

Baba luă frâiele, le afumă cu fum de tămâie, zise peste ele o zicală din cuvinte mărunțele și grăi după aceea către Petru:

- Ia frâiele și dă cu ele de poarta casei.

Petru făcu precum i se spuse ce să facă. Vraja babei a fost bună. Abia dete Petru cu frâiele de poartă se și întâmplă... nu știu cum... un lucru înaintea căruia Petru stătu uimit... Un cal stătea înaintea lui, un cal de care lumea n-a văzut mai frumos: cu o șa plina de aur și pietre scumpe, cu niște frâie la care să nu privești că-ți piere lumina ochilor!

Frumos cal, frumoasă șa și frumoase frâie pentru Făt-Frumos.

- Sări voinice în spatele Murgului, strigă baba făcând cruce peste cal și călăreț. Mai zise apoi o zicală de câteva cuvinte și intră în casă.

După ce Petru sări pe cal simțea cum că de trei ori este mai puternic la braț și de atâtea ori mai pietros la inimă.

- Să te ții bine stăpâne, c-avem cale lungă și trebuie să mergem iute. Așa zise Murgul; dar și-a aflat voinicul... Se duseră... se duseră, zburară - cum nu s-a dus și nici n-a zburat cal și vonic înainte de aceea.

Pe punte stătea acuma un balaur cum n-a mai stat, un balaur cu douăsprezece capete, grozave, mai pline de văpaie!... Hei! dar și-a aflat voinicul.

Petru nu se înspăimântă, ci începu a se sufleca la mâneci și a scuipa în palme: "Feri din cale!" Balaurul începu a scuipa la foc. Petru nu mai făcu dară multă vorbă, ci scoase sabia și se grăbi să se repeadă spre punte.

- Stai! astâmpără-te stăpâne! grăi acuma Murgul, fă cum zic: înțepenește-te cu pintenii la mine în brâu, scoate sabia și stai gata, că avem să sărim peste punte și balaur.

When you see that we are directly over the monster, cut off its head, wipe the blood from your sword on your sleeve, and put it in the sheath, that you may be prepared to fight when we touch the earth again."

Petru struck in the spurs, drew his sword, hacked off the head, wiped the blood away, thrust the blade into its sheath, and was ready when he again felt firm ground under the horse's hoofs. So they crossed the bridge.

"Now we must go on," Petru began, after looking back one more time at his native land.

"Forward," replied the horse, "but you must now tell me, master, how fast shall we go on our way? Like the wind? Like thought? Like longing? Or like a curse?"

Petru looked before him and saw nothing but sky and earth... a wilderness which made his hair stand on end with horror.

"We will change our pace and ride like each in turn, —not too fast that we may not grow weary, and not too slow lest we should be late." They rode on, —one day like the wind, one like thought, one like longing, and one like a curse, until in the gray dawn of the morning of the fourth day, they reached the end of the wilderness.

"Now stop and go on at a walk, that I may see what I have never seen before," shouted Petru, rubbing his eyes like a person waking from sleep or one who views something that seems like an illusion. Before the eyes of the young prince stretched a copper forest—trees, saplings, shrubs, bushes, ferns, and flowers of the most beautiful varieties, all made of copper. Petru stood staring, as a man gazes who beholds something he has never seen or heard of. He rode into the woods. The blossoms along the wayside began to praise themselves and tempt Petru to gather them and make a garland:

Când vei vedea apoi că suntem tocmai pe deasupra balaurului, taie capul cel mai mare, șterge cu mâneca sabia de sânge și o băgă în teacă, ca să fii gata pe când ajungem la pământ.

Petru strânse din pinteni, scoase sabia, tăie capul, șterse sângele, băgă fierul în teacă și fu gata pe când simți pământul sub picioarele calului. Așa trecură puntea.

- Să mergem mai departe, începu Petru vorba după ce mai privi o dată îndărăt la țara sa.

- Să mergem! îi răspunse Murgul. Numai spune-mi acuma stăpâne cum să mergem? Să mergem ca vântul? Să mergem ca gândul? Să mergem ca dorul? Sau să mergem chiar ca blestemul?...

Petru privi înainte și nu văzu alta decât cer și pământ... un pustiu la a cărui vedere i se ridicară perii în vârful capului.

- Să mergem tot una după alta, nici prea tare să nu ne obosim, nici peste măsura să nu ne întârziem.

Zise... apoi merseră... o zi ca vântul, una ca gândul, una ca dorul și una ca blestemul. Până ce ajunseră, în crăpatul zorilor zilei a patra la marginile pustiului.

- Stai acum!... Dă în pași!... Să văd ce n-am mai văzut, strigă Petru ștergându-se la ochi ca omul care se trezește din somn, sau ca acela care vede ceva și-i pare că numai îi pare... 'Naintea lui Petru se întindea o pădure de aramă... cu copaci, pomi și poame de aramă, cu frunze de aramă, cu tufișuri, iarbă și flori care de care mai frumoase tot de aramă.

Petru stătu și privi cum privește adică omul, care vede ce n-a mai văzut și despre ce n-a mai auzit. Intră în pădure.

Florile de pe marginile căii începură a se lăuda și a îndemna pe Petru ca să le rupă și să-și facă cunună din ele...

"Take me, I am beautiful and give strength to him who pick me," said one flower.

"Oh, no, take me, for whoever wears me in his hat will be loved by the greatest beauty in the world," said another. Then a third and a fourth, each lovelier than its companions, stirred, and in sweet tones tried to persuade Petru to gather it.

The horse jumped back whenever it saw its master lean toward a flower.

"Why don't you keep quiet?" shouted Petru, somewhat sternly, to the horse.

"Pick no blossoms, bad things will happen if you gather them," replied the horse.

"What is the worst that could happen?"

"A curse rests on these flowers—whoever gathers them must fight with the Welwa of the woods." The Welwa, as Petru knew, was an indescribable monster that changed its form and swallowed its enemies whole.

"With what sort of a Welwa?"

"Now let me alone! But listen; look at the flowers and gather none of them, keep quiet." Having said this, the horse went on at a walk. Petru knew by experience that he would do well to listen to what the horse had said. So he turned his thoughts away from the flowers. But it was all in vain! The flowers still offered themselves to him, and his heart grew weaker and weaker.

"Whatever happens," said Petru after a while, "I shall at least see the Welwa of this wood, that I may know what the monster is like and with whom I have to deal. If I am meant to die by its hands, it will kill me in some way, and if not I shall escape, though there should be hundreds and thousands like it."

22

- Ia-mă pe mine, că eu-s mai frumoasă și dau putere celui ce mă rupe, zicea una.

- Ba ia-mă pe mine, că cine mă pune în pălărie pe acela-l iubește cea mai frumoasă nevastă din lume, zicea alta... și iarăși se mișcă alta... și alta... care de care mai frumoasă și mai dulce la vorbă, până ce n-ademeniră pe Petru ca să le rupă.

Murgul sări în lături când văzu că stăpânul său se apleacă după flori.

- Pentru ce nu rămâi în pace?! Se răsti Petru.

- Nu rupe, că nu e bine să rupi! zise Murgul sfătos.

- Pentru ce să nu fie bine?

- Pe florile acestea zace blestemul: cine rupe din ele, acela are să se lupte cu Vâlva pădurii!

- Ce vâlvă?!

- Acum dă-mi pace! Ascultă de mine: privește la flori; nu rupe însă din ele, ci rămâi în pace. Așa zise calul, și merseră în pași mai departe.

Petru o știa din pățite cum că e bine s-asculte de Murg; își luase deci gândul de la flori. În zadar însă! Dacă se pune odata necazul pe capul cuiva, nu scapă de s-ar și feri din toate puterile...

Florile tot i se îmbiau și el tot într-una slăbea din inimă:

- Fie ce e dat să fie! zise Petru de la o vreme. Barem voi vedea și eu Vâlva pădurilor. Să văd, ce e? Cu cine am de lucru? Dacă-mi va fi ursita să mor de mâna ei, voi muri și gata; dacă nu... apoi scap... să fie o sută și-o mie de iele!

Then he began to pull out the flowers.

"You have done wrong!" said the horse anxiously. "But since this has already happened, it can't be changed, so prepare to fight, for here is the Welwa."

The horse had scarcely spoken and Petru had hardly finished picking the flowers, when a light breeze blew from all quarters of the compass and soon rose into a storm. The storm increased until everywhere there was a darkness that covered the wood. The ground under Petru's feet trembled and shook, till he felt as though somebody had taken the world on his back and was dragging it away at full speed.

"Are you afraid?" asked the horse, shaking its mane.

"Not at all," replied Petru, summoning up his courage, though chills were running down his back. "If a thing must be, all right; let it be as it is."

"You need not fear," replied the horse, to encourage him. "Take the bridle from my neck and try to catch the Welwa with it."

The horse had just time to say this and Petru had not even a chance to unfasten the bridle properly, when the Welwa stood before him, a monster so frightful, so terrible, that he could not look at it. It had no head, yet it was not headless, it did not fly through the air, yet neither did it walk on the earth. It had a mane like the horse, horns like the stag, a face like the bear, eyes like the polecat, and a body that resembled every thing except a living being! Such was the Welwa which rushed upon Petru.

Petru rose in his stirrups and began to strike forward, sometimes with his sword, sometimes with his arm, till the perspiration ran down his body in streams.

A day and night passed away; the battle was not yet decided.

Se puse deci pe rupt de flori...

- N-ai făcut bine! zise acum Murgul plin de grijă. Dacă ai făcut-o, însă e bine făcută! Te încinge acuma și fii gata de luptă, că acuș-acuș vine Vâlva!

Abia rosti Murgul vorba, abia fu Petru gata cu cununa... până ce și începu un vânt ușor din toate părțile... Din vânt se făcu vifor...

Viforul crescu... crescu până ce nu se văzu alta decât întuneric și noapte... și iară numai noapte și întuneric... Lui Petru îi părea acum că a luat cineva lumea în spate și a luat-o la fuga cu ea, așa se cutremura pământul sub el.

- Ți-e frică? întrebă murgul scuturând din coamă.

- Nicidecum! răspunse Petru întărindu-și inima, deși spatele începu a-l furnica. Dacă e acum așa, așa apoi fie cum e!

- Nici să nu-ți fie frică! începu a-l îndemna Murgul. Ia frâul de la mine din cap și umblă ca să înfrâni Vâlva cu el.

Alta nu mai zise, căci Petru nici nu avu timp să desfrâne cum se cade până ce și ajunse Vâlva la ei...

Petru nu putea privi la ea... așa era de grozavă și de înfricoșătoare. Cap n-are...dar nici fără cap nu e... Prin aer nu zboară...dar nici pe pământ nu umblă... Are o coamă ca și de cal, coarne ca cerbul, față ca ursul, ochii ca dihorul și trupul e de toate...numai de ființă nu... Așa era Vâlva când se repezi către Petru.

Petru se sprijini în scărița de la șa, se ridică în picioare și începu a lupta când cu sabia, când cu brațul, iar sudorile curgeau după el ca pârâul.

Trecu o zi și o noapte; lupta nu mai ajunse la capăt.

"Stop, so that we can rest a little while," said the Welwa, panting for breath. Prince Charming let his sword down.

"Don't stop!" shouted the horse quickly, and Petru set to work again with all his might.

The Welwa now neighed once, like a horse, then howled like a wolf, and again rushed upon Petru. The battle went on for another day and night, and was even more terrible than before. Petru grew so weary that he could scarcely move.

"Stop now! I see I am dealing with a person who understands fighting. Stop!" said the Welwa for the second time. "Stop and let us settle our battle."

Petru fought on, though he could scarcely breathe.

"Don't stop!" shouted the horse.

But the Welwa no longer rushed so fiercely upon him and began to act with more care and caution, as people do when they feel they have not much strength. So the fight lasted till the dawn of the third day.

When the rosy light of morning began to glimmer, Petru threw the bridle over the head of the wearied Welwa, which instantly became a horse, the handsomest horse in the world.

"Sweet be your life, for you have delivered me from enchantment," said the transformed Welwa. Petru learned from their conversation that the Welwa was a brother of his enchanted horse, and had been bewitched many years before by a witch.

Petru tied the Welwa to his horse, sprang into the saddle, and continued his journey and rode swiftly till he got out of the copper forest.

"Stand still, and let me look at what I have never seen before," said Petru again, when they came out of the copper forest.

- Stai... Să ne mai întărim oleacă! zise Vâlva râsuflând cu greu.

Făt-Frumos lăsă spada în jos.

- Nu sta! strigă murgul grăbit.

Petru iarăși începu a lupta din toate puterile. Vâlva rânchează acuma o dată ca și calul... apoi urlă ca lupul... și se repezi din nou la Petru. Lupta mai curse o zi și o noapte și mai înfricoșătoare ca până acuma. Petru simțea că abia se mai poate mișca de obosit ce era.

- Stai acuma, că văd acuma că am de luptă cu un voinic! Stai, zise Vâlva și a doua oară. Stai! Să ne împăcăm.

Petru se luptă mai departe deși abia mai putea răsufla.

- Nu sta! vorbi Murgul.

Dar nici Vâlva nu se mai repezi ca până acuma, ci începu a se purta mai cu cale și treabă, cum se poartă adică toate când nu mai simt putere în sine. Așa curse lupta până-n zorile de-a treia zi.

Când începură zorile a crăpa, Petru făcu ce făcu și aruncă frâul în capul Vâlvei obosite... Deodată se făcu din Vâlva un cal, cel mai frumos cal din lume.

- Dulce-ți fie viața, că mă scăpași de la robie! zise acuma Vâlva prefăcută în cal și începu a se dezmierda cu Murgul.

Mai târziu înțelese Petru din vorbă în vorbă, cum că Vâlva nu fusese alta decât un frate al Murgului, pe care l-a blestemat Sfânta Miercure înainte de asta, cu atâtea și atâtea sute de ani. Petru legă Vâlva de calul său, se sui pe ea și porni din nou la drum... Cum a mers? Nici nu e nevoie să mai spun. Repede a mers... și nu s-a oprit până ce n-a ieșit din pădurea cea de aramă.

- Stați pe loc! Dați la pas să văd ce n-am văzut! zise Petru încă odată când ieșiră din pădurea cea de aramă.

A still more marvelous one now stretched before him, a forest of glittering bushes bearing the most beautiful and the most tempting flowers... he was entering the Silver Wood. The blossoms began to talk still more sweetly and attractively than they had done in the Copper Forest.

"Gather no more flowers," said the Welwa that was tied to the horse, "for my brother is seven times stronger than I."

But did the fearless hero restrain himself? No. He began to gather flowers and twist them into a wreath.

The storm howled louder, the darkness was greater, and the earth quaked still more than in the Copper Forest; the Welwa of the Silver Wood rushed upon Petru with seven times the fierceness than the other Welwa had done. The battle again lasted for three days and three nights, and at dawn on the fourth morning our hero bridled the second Welwa.

"Sweet be your fortune, for you have delivered me from enchantment!" said the Welwa, and they pursued their journey along the road by which they had come.

"Stop, stand still, go on at a walk, and let me gaze at what I have never seen before," shouted Petru for the third time.

Then he covered his eyes with his hand unless he should be blinded by the rays streaming from the Gold Forest. He had already seen marvelous things, but never even dreamed of a sight like this.

"We will stand here or bad things will happen," shouted the horses in one breath.

"What is the worst that could happen?" asked Petru.

"You'll pick the flowers again. I know your heart will give you no rest until you do! And our youngest brother is seven times stronger and more terrible than we three together."

Înaintea lui se întindea acuma o pădure încă mai minunată decât cea de aramă, cu tufișuri mai strălucitoare, cu flori mai frumoase și mai ademenitoare… el intră în pădurea de argint. Florile începură a vorbi încă mai dulce, mai ademenitoare decât cele din pădurea de aramă.

- Să nu mai rupi din flori zise Vâlva cea legată acum de Murgul, căci frate-meu e de șapte ori mai puternic decât mine.

Nu se opri însă Făt-Frumos cel fără de frică! Abia trecu una două, până ce Petru și începu a rupe flori și a le împleti în cunună. Se făcu vifor mai turbat, noapte mai neagră, pământul se cutremură mai tare decât în pădurea de aramă; Vâlva pădurii de argint se repezi la Petru c-o grozăvie de șapte ori mai mare decât cum a fost în pădurea de aramă. Nici el nu fu însă leneș! Lupta mai curse vreo trei zile și trei nopți; și când a crăpat de zorii zilei a patra, Petru înfrâna și pe a doua Vâlva.

- Dulce-ți fie fericirea, că m-ai scos de la robie! zise și astă-dată Vâlva, apoi se întinseră la cale cum s-au mai întins și până acum.

- Ho, stați pe loc!... Luați-o la pas!... Să văd, ce n-am mai văzut încă, strigă călărețul acuma pentru a treia oară.

Puse după aceea palma la ochi, fiindcă se temea că-i va pieri lumina de razele ce veneau din pădurea cea de aur. El mai vazuse lucruri minunate, dar despre așa ceva nici nu a visat până acuma.

- Să stăm pe loc! Că nu e bine, strigară caii deodată.

- Pentru ce să nu fie bine? întrebă Petru.

- Tu iarăși ai să rupi din flori. Știu că nu te va răbda firea! Și fratele nostru cel mai tânăr e de șaptezeci și șapte de ori mai puternic și mai grozav decât noi toți trei laolaltă.

31

"So let us go around the forest" said the horse.

"Certainly not," replied Petru; "let us go through it! Let us see all, since we have seen and experience these trials together. Have no fear, I have none!"

I need not tell you that Petru did again what he had already done twice. Oh dear! How could he help it?

Scarcely was the wreath combined when something began which had never been experienced before.

It was not a more furious storm or greater darkness, neither did the earth quake more violently. No! It seemed to Petru as though somebody had got into the middle of the earth to overturn it. What happened was something awful, and may Heaven preserve any one from it!

"You see!" said the horse angrily, "why couldn't you keep quiet?"

Petru saw that he saw nothing more, began to feel that he felt nothing more, and understood that he could understand nothing more, so he made no reply, but girded his sword tighter and prepared to fight.

"Now the Welwa can come," he shouted, "I will die or throw the bridle over its head."

He had scarcely uttered the words when something whose like he had never seen before approached him. A dense fog surrounded Petru, a fog so dense that he could not even see himself in it.

"What's this?" shouted the champion, somewhat startled, when he began to feel that he was aching all over. But he was still more alarmed when he perceived that he could not hear his own voice through the mist.

- Mai bine să ocolim pădurea! Așa vorbi Murgul.

- Ba nu! răspunse Petru, să mergem! Să le vedem pe toate dacă tot am văzut ceva. N-aveți frică, că nici eu n-am!

Nu e nevoie să vă mai spun, cum că Petru iarăși a făcut-o... Doamne! Dar cum să nu o facă?

Abia împleti cununa de flori, până ce și începu să fie ceva cum n-a mai fost...

Acuma nu era mai mult vifor, nu era mai întunecos; pământul nu se cutremura mai mult. Se făcea nu știu ce și nu știu cum... destul că lui Petru îi părea c-a intrat cineva în miezul lumii și a început s-o întoarcă pe dos. Grozav era ce era și înfricoșător... și... să ferească Dumnezeu!...

- Vezi ce s-a întamplat! zise Murgul supărat, dacă n-ai putut rămâne în pace.

Petru văzu că nu mai vede nimic, începu a simți că nu mai simte nimic și începu a pricepe că nu mai are ce să priceapă; tăcu dară și nu zise nimic, ci se încinse și se făcu gata de luptă.

– Să vină acuma Vâlva! strigă după aceea. Sau mor sau îi pun frâul pe cap!

Abia zise vorba până ce și văzu apropiindu-se de dânsul... o negură deasă venea către Petru. Așa era de deasă negura asta, încât Petru nici pe sine însuși nu se putea vedea în ea.

- Ce e asta?! strigă el cam înspăimântat când începu a simți că-l doare din toate părțile. Se înspăimântă însă și mai tare când văzu că nici el singur nu-și aude vorba în negura cea deasă.

So he began to strike about him with his sword to the right and left, before and behind, in every direction, and with all the strength he had—as a man does when he sees that matters are growing serious. So he fought on during a day and a night, without seeing any thing except thick darkness, or hearing any thing except his own perspiration trickling down his forehead. For some time he had even felt as if he were no longer alive, but had died long before.

Suddenly the fog began to scatter.

At dawn on the second day it disappeared entirely, and when the sun rose in the sky Petru's eyes again saw the light. He felt as if he had been born anew.

The Welwa seemed to have vanished from the earth.

"Catch your breath now, for the battle will begin again presently," said the horse.

"What was that?" asked Petru.

"The Welwa," replied the horse, "changed into fog. Catch your breath, it is coming again."

The horse had hardly spoken and Petru had hardly had time to breathe, when he saw approaching from one side something,—but what it was he did not know. Water, yet it was not like water, for it did not seem to flow on the earth, but in some strange way to fly, or move in some way. It left no trace behind and did not fly high. It was something that appeared to be nothing.

"Oh, dear!" shouted Petru.

"Take courage and defend yourself, don't stand still," said the horse, but could not utter another word, for the water filled its mouth. The fight began again. Petru struck about him without stopping for a day and a night, not knowing at what he was aiming, and fought without knowing with whom.

Începu dar a da cu sabia în dreapta și în stânga pe dinainte și pe dindărăt, a da din toate părțile și din toate puterile care le mai avea... cum face adică omul care vede că acuma nu e bine. Așa luptă el o zi și o noapte fără să vadă altceva decât negru înaintea ochilor săi, fără să audă altceva decât picuratul sudorilor sale de pe trupurile cailor. De la o vreme chiar și începu a crede că nici nu mai trăiește, ci a murit acuma de mult.

Deodată începu a se desface negura...

În zorile celei de a doua zi, negura se răsfiră de tot, și pe când se ridică soarele pe cer, înaintea ochilor lui Petru era lumină ca lumina. Lui îi păru acuma că se născuse din nou. Vâlva? peri ca-n palmă.

- Rasuflă acuma o dată, că iară va să înceapă lupta din nou! zise Murgul.

- Ce-a fost asta? întrebă Petru.

- Vâlva, răspunse Murgul, Vâlva a fost prefăcută în negură... Răsuflă numai că iarăși vine!

Nici n-a zis-o bine Murgul asta, nici n-avu Petru vreme ca să răsufle până ce și văzu ceva venind de departe, ceva despre ce nu știa ce e... o apă, însă nu e ca apa că-ți pare că nu curge pe pământ, ci zboară cumva sau ce face... destul că urme nu are și pe sus nu zboara... Așa ceva ce nu e!...

- Vai! strigă Petru.

- Ține-te și dă, nu sta! zise Murgul... și nu mai zise după aceea nimica, că-i astupă apa gura.

Lupta se începu din nou... Petru dădu o zi și o noapte necurmat fără ca să fi știut în ce dă și se luptă fără să știe cu cine...

When the next day dawned he felt that his feet were paralyzed.

"Now I am lost!" he shouted somewhat angrily; yet he began to show himself doubly brave and dealt still stronger blows. The sun rose and the water vanished, he could not tell how or when.

"Catch your breath!" said the horse, "for you haven't much time to lose. The Welwa will come back directly."

Petru made no answer; the poor fellow was so tired that he did not know what to do. So he settled himself more firmly in the saddle, seized his sword with a tighter grip, and thus prepared awaited the approach of the foe he saw advancing.

Such a thing, how can I describe it? It was like a man dreaming that he sees something which has what it has not, and has not what it has—this was the shape in which the Welwa now appeared to Petru. Oh, heavens! how could the Welwa now be a gold forest after having twice left it in disgrace?

It flew with its feet and walked with its wings, its head was behind and its tail was before, its eyes were in its breast and its breast was on its forehead—and as for the rest, no mortal could describe it.

Petru got the chills all over his body, and crossed himself twice, then he mustered up the courage to fight as he had already fought once, and also as he had never yet fought before.

The day passed and Petru's strength failed. Evening came, and Petru's eyes began to grow dim. When midnight arrived he felt that he was no longer on horseback. He himself did not know how and when he had reached the earth, but he was on foot. When night was yielding to day Petru could not keep up, but sank on his knees.

"Stand up, gather your strength once more!" shouted the horse, seeing that his master was losing his vigor.

Când se apropiară zorile celei de doua zi, începu a simți cum că slăbește din picioare.

- Acuma pier! strigă cam supărat; însă pentru aceea începu a-și întări inima și a da încă mai țapăn... Soarele răsări pe cer, apa pieri fără să se știe cum și când.

- Răsuflă! grăi Murgul, răsuflă că n-ai multă vreme, Vâlva vine pe loc!

Petru nu mai zise nimic, că nici nu știa săracul de el ce să mai facă de obosit ce era. Se așeză dară mai bine în șa, strânse mai bine de sabie și așteptă așa gătit, ca să vadă mai bine ce vine...

Așa cum, nu știu cum, ca și când viseazǎ omul, I se părea că vedea ceva ce n-are ce are și are ce n-are, așa îi parea lui Petru că ar fi Vâlva acum. Oh! Doamne! Oh! Doamne! Cum poate fi Vâlva pădurii de aur când s-a dus de două ori cu rușine?!

Zbura pe picioare și umbla pe aripi... era cu capul dinapoi și cu coada dinainte, cu ochii în piept și cu pieptul în frunte... și cum mai era încă - numai Dumnezeu ar ști s-o spună!

Pe Petru îl trecură fiorii o dată din sus în jos, o dată din jos în sus, o dată cruciș, și o dată curmeziș; după aceea își întări inima și începu a lucra cum a mai lucrat și... n-a mai lucrat.

Trecu ziua. Petru începu a slăbi din puteri. Trecu amurgul serii; lui Petru începură a i se împăienjeni ochii. Când ajunse la miezul nopții, Petru simți cum că nu e mai mult călare. Nici el singur nu știa cum și când a ajuns la pământ; destul că nu mai era pe cal. Când începu a se dezveli ziua din noapte, Petru nu mai putea sta în picioare, ci se lăsă în genunchi.

- Nu te lăsa; mai ține-o încă oleacă! strigă Murgul când văzu că slăbesc puterile stăpânului său.

Petru wiped away the perspiration with his shirt-sleeve, strained every nerve, and once more stood upright.

"Now strike the Welwa on the mouth with the bridle," said the horse.

Petru did as he was told. The Welwa neighed so loudly that Petru thought he might go deaf, then, though so tired that he was barely able to move, rushed upon the hero. The fight was now not long. Petru managed to throw the bridle over this Welwa's head, too.

When day came, Prince Charming was riding on the fourth horse.

"May you have a beautiful wife, for you have delivered me from enchantment!" said the Welwa.

They rode on, and when night was turning into day, they reached the borders of the Gold Forest. While pursuing their way Petru began to get tired, and, in order to have something to do, examined the beautiful wreaths.

"What shall I do with the wreaths?" he said to himself. "One is enough for me. I'll keep the most beautiful one."

So he threw down the copper one, then the silver one, and kept only the gold wreath.

"Stop," said the horse. "Don't throw the wreaths away. Dismount and pick them up, they may still be useful to you." Petru did as he was told and rode on.

Toward evening, when the sun was only a hand's breadth above the horizon and the little flies were beginning to swarm, our rider reached the edge of the forest. Before him stretched a wide moor, on which as far as the eye could wander nothing was visible. The horses stopped.

"What is it?" asked Petru.

Petru se șterse cu mâneca cămășii de sudori. Își încordă toate puterile și se ridică încă odată în picioare.

- Lovește acuma Vâlva cu frâul peste bot! zise Murgul.

Petru făcu precum i se zise. Vâlva rânchezâ o dată ca armăsarul, încât lui Petru îi păru c-o să asurzească, apoi sări la Petru, deși abia se mișca și ea de obosită ce era. Lupta nu mai curse mult. Petru făcu ce făcu și puse frâul și la astă Vâlva pe cap...

Pe când se făcea ziua cum se cade, Făt-Frumos călărea pe al patrulea cal.

- Frumoasă să-ți fie nevasta, că m-ai scos de la robie! zise Vâlva.

Plecară, se duseră și pe când se învăluia ziua cu noaptea ajunseră spre marginea pădurii de aur.

Cum mergeau așa pe cale, lui Petru începu a i se urî și ca să facă și el ceva, dete a privi la cununile cele frumoase.

- Ce să fac cu trei cununi? începu a vorbi așa singur. Destul îmi este una. O să o păstrez pe cea mai frumoasă.

Aruncă dar cea de aramă, apoi cea de argint și ținu numai pe cea de aur la sine.

- Stai! zise Murgul. Nu arunca cununile. Descalecă și le ridică că-ți vor prinde încă bine.

Petru făcu precum i se zise și merse mai departe.

Când era soarele de-o palmă de la pământ așa de către seară când încep musculițele a se aduna, călărețul nostru ajunse chiar la marginea pădurii. Înaintea lui se întindea un pustiu mare... mare... cât vedeai cu ochii nu vedeai nimic pe el. Caii se opriră în loc.

- Ce e? întrebă Petru.

"Bad things may happen here," replied the horse.

"What is the worst that could happen?"

"We are now entering the domain of a witch. So long as we ride through it, we shall experience nothing but cold, cold, cold. Fires are kept burning all along the roadside, and I'm afraid you will go and warm yourself."

"Why shouldn't I warm myself?"

"Bad things will happen if you do," said the horse anxiously.

"Forward," said Petru fearlessly, "I will be cold, if necessary."

The further Petru entered the witch's kingdom, the more he felt that it was no pleasant region. At every step the air grew colder and frostier, there was so much cold and ice that it froze even the marrow in his bones. But Petru was no coward, he proved as brave in enduring hardship as he had been in battle.

Along the roadside one fire after another was burning, and beside these fires were gathered groups of people who called him in the sweetest, most enticing words. Petru's very breath froze, yet he did not yield, but ordered the horse to trot.

How long our hero battled with the cold and frost can not be told, for every body knows that the witch's kingdom is longer than one stone's throw or even two. The cold there is not moderate, but bitter, so bitter that even the rocks are split by the frost. That's the way it is in that country. But Petru had not grown up without some hardships, so he only clenched his teeth, though he was so numb from the cold that he couldn't even wink.

They reached the witch's home. Petru dismounted, flung the bridle over the horse's head, and entered the house.

"Good morning, mother."

- Nu e bine! răspunse Murgul.

- Pentru ce să nu fie bine?!

- Intrăm în împărăția Sfintei Miercuri. Cât vom merge acolo, nu vom da de altceva decât de frig și iarăși de frig. Pe marginea drumului vor fi focuri din focuri și eu mă tem că tu vei merge să te încălzești.

- Și pentru ce să nu mă încălzesc?

- Nu e bine să te încălzești! răspunse Murgul cu grijă.

- Intră! grăi Petru fără frică, dacă trebuie, voi ști a răbda la frig.

Pe cât Petru intra mai adânc în împărăția Sfintei Miercuri, pe atâta simțea mai tare că nu e bine cum e.

La tot pasul era mai frig, mai ger... Dar frig și ger încât îngheța măduva în oase... Dar nici Petru nu era făcut de picioroange! Voinic a fost la luptă, voinic rămase și la răbdare.

Pe marginea drumului, tot foc din foc și lângă focuri tot oameni din oameni care chemau pe Petru la sine, care de care cu vorbe mai frumoase și mai ademenitoare. Lui Petru începu a i se îngheța răsuflarea din gură, dar el nu se lăsă, ci chiar porunci Murgului ca să meargă la pas.

Câtă vreme a răbdat voinicul nostru la ger și frig, nici nu se poate spune, căci fiecare știe cum că în împărăția Sfintei Miercuri nu e frig... numai iac-așa, ci frig-frig... încât îngheață și vițelul în vacă... încât crapă și stâncile de ger ce este... Așa zău e acolo! Dar nici Petru n-a crescut fără necaz... scrâșnea din dinți și nimic mai mult, deși a fost înțepenit, încât nici nu mai putea clipi.

Așa ajunseră la Sfânta Miercuri. Petru coborî de pe cal, aruncă frâul în capul Murgului și intră în coliba Sfintei Miercuri.

- Buna ziua, Maică!

"Thank you, my hero!"

Petru laughed, but did no answer.

"You have proved yourself a brave fellow," said the witch, patting him on the shoulder.

"Now I'll give you the reward." She went to an iron chest, opened it, and took out a little box. "See," she said, "this box has been destined from the earliest times for the person who penetrated the realm of the cold. Take it and guard it carefully, for it may be of great use to you. When you open it, you will receive news from whatever place you desire and truthful announcements from your native land."

Petru thanked her for her words and her gift, mounted his horse, and rode on. After he was a good stone's throw away, he opened the magic box.

"What is your whish?" asked something inside.

"Give me news of my father," replied Petru rather timidly.

"He is sitting in the council chamber with the elders of the kingdom."

"Is he prospering?"

"Not especially; he has troubles."

"Who is annoying him?" asked Petru, somewhat irritated.

"Your brothers, Costan and Florea," the voice in the box answered. "As it seems to me, they are trying to grab the scepter from him and the old king says that they are not yet worthy of it."

"Forward, horse, we have no time to lose," shouted Petru. Then, slamming the box shut, he put it into his bag.

They hurried at a ghosts' pace when whirlwinds are blowing and vampires are hunting at midnight.

- Mulțumim, voinic friguros!

Petru râse o dată dar nu răspunse nimic.

- Voinic ai fost, îi zise acuma Sfânta Miercuri bătându-l pe umeri.

- Acuma să-ți dau câștigul. Se duse după aceea, deschise un cufăr ferecat și scoase din el o cutie mică: iacă, zise mai departe, cutia e dată din bătrâni ca să nu o poarte decât acela care a trecut prin împărăția frigului. Na-ți-o și poartă grijă de ea că-ți va prinde încă bine. Când o deschizi, îți vine veste de unde numai tu vrei și știre adevarată din țara ta.

Petru mulțămi de vorbă și de dar și se sui pe cal și porni mai departe. După ce se departă de o azvârlită bună, deschise cutia cea vrăjită.

- Ce e poruncă? întrebă nu știu ce din cutie.

- Veste îmi adă de la taica, porunci Petru cam cu frică.

- Șade la sfat cu bătrânii! răspunse cutia.

- Îi merge bine?

- Zău aci cam rău, că-i supărat!

- Cine îl supără? întrebă Petru acum mai aspru.

- Frații tăi Costan și Florea! răspunse iarăși din cutie. Pe cum îmi pare mie cer împărăția de la el și bătrânul zice că n-ar fi vrednici de ea.

- Mergi Murgule, că nu e vreme de pierdut! strigă acuma Petru. Închise după aceea cutia și o băgă în traistă.

Se duseră cum se ducea năluca, cum umblă vântoasele și gonesc în miezul nopții pricolicii.

43

How long they rode can not be told, but it was a long, long time.

"Stop! Let me give you another piece of advice," said the horse after a while.

"Well, tell me," said Petru.

"You have been tormented by the cold, now you'll have to encounter heat such as you never felt before. Keep up your courage, and don't let yourself be attracted to the cool places."

"Forward!" replied Petru. "Don't be anxious—if I didn't freeze, I won't melt either."

The heat was enough to melt the very marrow of one's bones, a heat that exists nowhere except in the kingdom of a witch.

The further they went, the greater the heat became. Even the iron of the horses' shoes began to melt, but Petru would not yield. The perspiration ran down his body in streams, he wiped it away with his sleeve, and rode quickly on.

As for the heat, intense as it became, there was something else that tortured Petru more. Along the roadside, were cool valleys with cold springs ready to quench the traveler's thirst. When Petru looked at them, he felt as if his heart was shriveled and his tongue dried up with thirst. Lilies, violets, and roses grew in the soft grass around the springs, and on these beds of flowers reclined girls so beautiful that heaven only knows how it would have been possible for them to be lovelier.

Petru would rather have shut his eyes in order not to see such bewitching creatures any longer.

"Come, hero, come to the cooling waters, let us amuse you," called the maidens.

Petru silently shook his head, he had lost the power of speech. They rode on so for a long, long time.

44

Cât au mers așa nici nu se poate spune... Au mers mult... foarte mult!

- Stai! să-ți mai dau un sfat! zise Murgul într-un târziu.

- S-auzim! grăi Petru.

- Ai avut necaz cu frigul, acuma ai să dai de o căldură cum n-a mai fost. Să rămâi voinic! Să nu te tragi la răcoare, că nu e bine.

- Mergi! răspunse Petru. Nu-ți fie frică, dacă n-am înghețat nici nu mă voi topi.

Hm! aici era o căldură încât se topește și măduva în oase... Căldură adică cum nu poate fi decât în împărăția Sfintei Joi.

Pe cât mergeau mai departe, cu atât căldura era mai mare. De la o vreme începură a se topi chiar și potcoavele de la Murgul de pe copite. Hei! dar nici Petru nu se lăsă! îi curgeau sudorile vale, el se ștergea cu mâneca și mână în goană mai departe.

De cald ar mai fi fost cum ar fi fost, însă era și un alt lucru care îl supără pe Petru încă mai tare. Pe lângă drum, tot la câte o azvârlitură bună una departe de alta, erau niște văi răcoroase cu niște izvoare reci și astâmpărătoare. Când Petru privea la ele, simțea că i-a secat inima și i s-a uscat limba în gură de sete ce-i era. Pe lângă izvoare erau tot crini, viorele și trandafiri, prin iarba cea molcuță și pe ele odihneau niște fete, frumoase, doamne!... încât nici nu pot fi mai frumoase.

Lui Petru îi venea să închidă ochii, ca să nici nu mai vadă așa lucruri ademenitoare.

- Vino, voinice, la răcoare! Vino! Stai de vorbă! îl chemau fetițele.

Petru dădea din cap și nici nu zicea nimic, că i se oprise și graiul.

Mult au mers așa, foarte mult!...

Suddenly they felt that the heat was beginning to lessen, and on a distant hill-top a hut appeared. This was the dwelling of another witch. Petru approached, and when almost at the door of the witch came out and welcomed him.

Petru expressed his thanks, as is customary among distinguished and well-behaved people, and they entered into conversation as people who have never seen each other are in the habit of doing.

Petru brought news of his adventures, and mentioned the goal for which he had started, and then told her farewell, for he really had no time to lose. Who could tell how far he still had to go to reach the Fairy Aurora?

"Wait a little while, until I can say a few words to you," said the witch. "You are now about to enter the domain of my sister, go to her and tell her that I wish her health and happiness. When you return, come to see me again, and I'll give you something that will be useful to you."

Petru thanked her and rode on. He had scarcely ridden long enough to smoke a pipeful of tobacco, when he entered a new country. Here it was neither hot nor cold, but like the weather in spring. Petru began to breathe easily, but he was in a desert of sand and weeds.

"What can this be?" asked Petru, when he saw an object something like a house, but a long, long distance off; just where his eyes set upon the end of the gloomy house.

"That is the witch's sister's house," replied the horse; "if we ride on, we may be able to reach it before dark."

And so it happened. Night was just closing in as the hero slowly neared the distant house. On the hill were ghosts flying around Petru, on the right and on the left, before and behind him.

Deodata simțiră că începe căldura a se mai astâmpăra. În depărtare, pe un deal se vedea o colibă; aici locuia Sfânta Joi. Petru trase spre ea. Când erau să ajungă la colibă, Sfânta Joi le ieși în cale și-i zise «Ziua bună» lui Petru.

Petru îi mulțumi... precum e acuma datina la oameni cu cinste și nărăveală, prinseră după aceea vorba... cum prind adică oamenii ce nu s-au mai văzut încă.

Petru spuse veste de la Sfânta Miercuri, vorbi despre patimile sale și despre calea în care a pornit și luă ziua bună, că zău, el nu prea avea vreme de pierdut... Hm! Cine știe cât mai avea de mers până la Zâna Zorilor!

- Mai stai oleacă! grăi Sfânta Joie, să-ți mai zic o vorbă. Acum intri în împărăția Sântei Vineri: să treci și pe la ea și să-i spui «sănătate și voie bună» de la mine. Când vei merge apoi către casă, să vii iarăși pe la mine, că am să-ți dau ceva, care îți va prinde bine.

Petru mulțumi de vorbă și de toate, și plecă după aceea mai departe. Abia merseră cam așa cât ține o pipă de tutun până ce și ajunseră într-o țară nouă. Aci nu era cald, dar nici frig nu era, ci... așa cumva între ele... cum e colea primăvara, când încep a se înțărca mieii. Petru începu acum a răsufla mai ușurat. Era însă un pustiu... numai nisip și scai.

- Oare ce să fie aceea? întrebă Petru dând cu ochii de ceva ca și o casă însă departe... foarte departe!... tocmai până unde ajung ochii lui peste pustiul cel gol.

- Aceea e casa Sfintei Vineri, răspunse Murgul. Dacă mergem bine poate ajungem până ce se întunecă deplin.

Așa și fu... Noaptea se făcu noapte. Făt-Frumos se apropie cu încetul de casa cea depărtată.

Peste pustiu se vedeau o mulțime de năluci ce goneau pe din dreapta, din stânga, pe dinaintea și pe din dosul lui Petru.

"Don't be afraid," said the horse. "Those are the Whirlwind's daughters; They are dancing in the air, waiting for the moon eater."

So they reached the witch's sister's house.

"Dismount and enter," said the horse.

Petru was about to do what he had been told.

"Stop, don't be in such a hurry," the horse continued. Let me first tell you what you are to do. You can't go into her house unannounced; she is guarded by the Whirlwinds."

"What am I to do?"

"Take the copper wreath and go with it to the hill you see over there. When you reach the top, begin to call: 'Good Heavens, what beautiful girls, what angels, what fairy-like creatures!' Then hold the garland in your hand, and say: 'If I only knew whether any body would take this wreath from me... If I only knew!' and throw the garland away."

"Why should I do that?" asked Petru, as a man is in the habit of questioning, when he wants to know the cause of his acts.

"Silence! Go and do it," replied the horse, and Petru, without further words, did as he was told.

A soon as Petru thrown the wreath, the Whirlwinds rushed after it. Petru now turned toward the house.

"Stop," shouted the horse again, "I haven't yet told you everything. Take the silver wreath and knock at the witch's sister's window. When she asks 'Who is there?' say that you came on foot and have lost your way. She will turn you away. But you mustn't move from the spot. Say to her: 'I won't go away, because—I didn't have steel shoes made with calf-skin straps, did not travel nine years and nine months, did not fight for this silver wreath I want to give you, did not do and suffer

- Să n-ai nici o frică! zise Murgul. Acestea sunt fetele vântoaselor... Se joacă prin aer aşteptând să vină şi vârcolacii.

Aşa ajunseră până la casa Sfintei Vineri.

- Cobori acuma şi intră în casă! zise Murgul.

Petru voi să facă ce i se zise.

- Stai, nu fi aşa grăbit, vorbi Murgul mai departe. Să te învăţ mai întâi ce şi cum să faci. La Sfânta Vineri nu poţi intra, că e păzită de jur împrejur de Vântoase.

- Ce să fac atunci?

- Ia cununa cea de aramă şi te du cu ea vezi colo departe pe colina ceea. Când vei fi acolo începe a striga: Vai, ce fete frumoase! ce îngeri! ce suflete de zâna! După aceea ridică cununa în sus şi zi: Dacă aş şti că ar primi careva cununa asta de la mine!... dacă aş şti! şi atunci aruncă cununa.

- Şi pentru ce să fac aşa? întrebă Petru... cum întreabă adică omul, care vrea să ştie pentru ce face un lucru.

- Taci, du-te şi fă! zise Murgul pe scurt şi Petru nu mai lungi vorba, ci făcu precum i se zise.

Abia aruncă Petru cununa când se şi îngrămădiră Vântoasele peste ea şi începură a se bate, ca să o aibă care mai de care. Petru o luă acuma către casă.

- Stai! strigă Murgul încă odată. Încă nu ţi le-am spus pe toate. Ia cununa cea de argint apoi te du şi bate la fereastra Sfintei Vineri... Dacă te întreabă baba, cine e? tu să zici că ai rătăcit prin pustiu. Ea te va mâna îndărăt. Tu să nu te mişti, ci să zici: Ba zău! eu nu voi pleca, că de când am fost mic tot am auzit de frumuseţea Sfintei Vineri şi nu mi-am făcut opinci de oţel cu curele de viţel, nu am venit de nouă ani şi nouă luni, nu m-am luptat pentru cununa asta de argint, care voiesc să i-o dau ei,

all these things merely to turn back now that I have reached you'... Act and speak as I have told you—what follows is your own doing."

Petru did not reply, but went up to the house. As it was perfectly dark, the hero did not see the dwelling, and was guided only by the rays of light streaming through the window.

When he reached the house several dogs began to bark, because they knew some stranger was near.

"Who is fighting with the hounds?" shouted the witch's sister angrily.

"It's me!" said Petru, with laboring breath, like a man who likes and yet is not quite satisfied with what he is doing. "I have lost my way and don't know where I can spend the night." Here he stopped, not daring to say more.

"Where did you leave your horse?" asked the witch's sister rather sharply.

Petru pondered upon the question; he did not know whether he ought to tell a lie or speak the truth, so he made no answer.

"Go, in God's name, my son, I have no room for you," she said leaving from the window.

Petru now repeated what the horse had told him to say, and the witch's sister returned to open the window.

"Let me see the wreath, my son," she said sweetly, in a gentle tone.

Petru gave it to her.

"Come into the house," she said, "don't be afraid of the dogs, they won't hurt you."

It was even so. The dogs began to wag their tails, and followed Petru as they follow a master returning home from working in the fields at night.

nu le-am făcut și pățit toate astea pentru ca să merg înapoi când voi ajunge la ea... Așa să faci și așa să zici; de aici încolo asta să fie grija ta.

Petru nu mai făcu vorbă, ci porni spre casa Sfintei Vineri. Cum era așa de noapte, Petru nici nu vedea casa Sfintei Vineri, ci merse numai pe razele luminii ce străbăteau din fereastră până la el.

Ajungand la casă, niște căini începură a lătra pentru că au simțit ceva străin prin apropiere.

- Cine a asmuțit câinii? strigă Sfânta Vineri mânioasă cum se cade.

- Eu sunt, Sfântă Vineri, eu! zise Petru răsuflând o dată cu greu, ca omul care ar vrea să facă ce face. Am rătăcit prin pustiu și n-am unde să dorm peste noapte. Aici tăcu, nu cuteză să zică mai mult.

- Unde ți-ai lăsat calul? întrebă Sfânta Vineri cam aspru.

Petru sta și chibzuia, nu știa să mintă ori să vorbească vorbă dreaptă. Nu răspunse nimic.

- Mergi cu Dumnezeu, fătul meu! Eu n-am loc să-ți dau, zise Sfânta Vineri și se retrase de la fereastră.

Petru zise acuma ce i-a fost zis Murgul să zică.

Abia-și sfârși Petru zicala până ce și văzu, cum că Sfânta Vineri deschise fereastra vorbind către el cu vorbă dulce și blândă:

- Să văd cununa fiule! Petru-i întinse cununa.

- Vino în casă! zise Sfânta Vineri, nu te teme de câini, că ei înțeleg voința mea.

Așa și făcu... Câinii începură a mișca din coadă mergând în urma lui Petru, cum merg după om când vine seara de la câmp.

Petru said "good evening" as he entered, laid his hat on the oven, and when the lady invited him to sit down, took his place on a bench by the stove. They now talked about everyday matters, the world, the wickedness of mankind, and similar things, without any special reason or purpose.

It appeared from her talk that Holy Friday was very much incensed against people; but Petru agreed with her in everything—as is proper for a person who is a guest in someone else's house.

Heavens, how old the aged lady looked! I don't know why young Petru devoured her so with his eyes. Was he counting the wrinkles in her face? But the witch's sister's heart laughed with joy, when she saw Petru completely absorbed in gazing at her.

"When the present state of things had no existence," she began, "before the world was made, I was born, and was so beautiful as a child that my parents let the world be, in order to have somebody to admire my loveliness. By the time the world was made I had grown up, and all marveling at my beauty, the Evil eye fell upon me. Since then, every century a wrinkle has formed on my face. And now I am old!" The lady's grief and anger would allow her to say no more.

In the course of the conversation she told Petru that her father had once been a great and powerful emperor, and once, when an argument broke out between him and the Fairy Aurora, who ruled the neighboring country, he had been shamefully laughed at by his neighbor. Then the lady began to say all sorts of things about the Fairy Aurora. What was Petru to do? He listened in silence, now and then saying: "Yes, yes, it is really too bad." What else could he do?

"But I will set you a task, if you are brave and willing to accomplish it," said the lady, when both began to be sleepy.

Petru zise «bună seara», când intră în casă, își puse pălăria pe vârful cuptorului și se așeză lângă sobă după ce i se zise să șadă. Acuma se vorbi... iaca despre lucruri de toate zilele, despre lume, despre răutatea oamenilor și despre alte lucruri ca astea... fără nici o treabă și preț...

Precum se vedea, Sfânta Vineri era foarte supărată pe oameni; iar Petru-i dădea în toate dreptate, cum se cade adică omului care șade la masa altuia.

Doamne! dar și bătrână era baba asta! Eu nu știu de ce privea junele de Petru așa de-a-deochiul la ea. Doară voia să-i numere crețurile din față?! Poate!... Ar fi trebuit însă, ca să se nască de șapte ori cât un om într-o viață pentru ca să poată ajunge la capăt cu număratul... Sfintei Vineri îi râdea inima de bucurie, când vedea cum că Petru se pierde cu totul în privirea ei.

- Când nu era încă ce este, începu Sfânta Vineri vorba, când lumea încă nu era lume, atunci m-am născut eu, și eram atât de frumoasă fiind copilă, încât părinții mei au lăsat să fie lume, ca să fie cine să se minuneze de frumusețea mea... Când s-a făcut apoi lumea, eu eram fată mare, și de minunat ce s-a minunat de frumusețea mea, lumea m-a deochiat... De atunci se face pe toată suta de ani câte o crestătură pe fruntea mea... și acuma-s bătrâna.

Sfânta Vineri nu mai putu vorbi mai departe despre aceasta de tristă și de supărată ce era, ci vorbind mai departe, îi spuse apoi lui Petru, cum că tată-său era odată împărat mare și puternic, și născându-se vrajba între el și Zâna Zorilor, care împărătește în țara vecină, fusese batjocorit, cum nu se cade, de către vicleana de vecină. Începu apoi a vorbi câte rele toate despre Zâna Zorilor... Petru ce să mai facă și el? Asculta și el. Dacă mai zicea și el câteodată: Așa e zău aici! Ce alta se poate face?

- Dar să-ți dau un lucru, dacă ești voinic și vrei să mi-l faci, grăi Sfânta Vineri cam pe când începură a fi somnoroși.

"At the Fairy Aurora's is a fountain—whoever drinks from it will bloom like the rose and the violet. Bring me a jug of the water, and I shall know how to show you my gratitude. It's a difficult task!

The Fairy Aurora's kingdom is guarded by all sorts of wild beasts and terrible dragons. But I want to tell you something else, and give you something too."

After the lady had said this, she went to a chest bound with iron on every corner and took out a tiny little flute.

"Look," she said to Petru, "an old man gave me this when I was young. Whoever hears its notes falls asleep and sleeps till they can be no longer heard. Take the instrument, and play it while you are in the Fairy Aurora's kingdom. No one will harm you, for every creature will be asleep."

Petru now told his hostess what he meant to do, and the lady was still more delighted. They did not talk much more. Why should they? It was already long past midnight. Petru said "good night," put the flute into its case, and went up to the loft to get some sleep.

When morning dawned, the hero was already awake and the morning-star had hardly risen in the sky before he was up. He went to bridle his horses and set out for his journey.

"Stop," the lady called from the window. "I have a one more thing to say. I want to give you a piece of advice."

Petru went to her window.

"Leave one horse here, and go on with only three. Ride slowly until you have reached the Fairy Aurora's kingdom. Then dismount and enter her country on foot. Then, when you return, come so that you will leave all three horses lying in the road and arrive here on foot."

- Este la Zâna Zorilor o fântână. Cine bea din apa ei, acela înflorește ca trandafirul și ca viorelele. Să-mi aduci un ulcior din această apă... Lucrul e greu! Ce e drept, e drept!

Împărăția Zânei Zorilor e păzită de fel de fel de fiare și zmei îngrozitori. Să-ți spun însă ceva și să-ți dau un lucru.

După ce vorbi așa, Sfânta Vineri se duse la un scrin ferecat din toate părțile și scoase din el un fluieraș mic micuț.

- Vezi tu fluierașul ăsta? grăi către Petru, mi l-a dat un moș bătrân încă de când eram tânără. Cine aude sunetul acestuia, acela adoarme... și doarme... până ce nu-l mai aude. Tu să iei fluierașul și să tot cânți din el cât vei fi în Împărăția Zânei Zorilor. Nimeni nu te va atinge, căci toată lumea va dormi.

Petru spuse acuma de ce a pornit la drum și ce treabă are. Sfânta Vineri se bucură și mai tare. N-au mai stat mult de vorbă... Dar cum să și stea când a trecut acuma de miezul nopții bine, binișor. Petru luă «noapte bună», băgă fluierașul în teacă și se sui în podul casei, ca să mai doarmă și el un pic. Pe când se revărsau zorile, Petru era în picioare; luceafărul boului nici nu se ridicase bine pe cer, că el a și fost sculat...

Luă un troc mare, îl umplu de jăratec și se duse ca să hrănească caii. După ce Murgul mâncă câte de trei ori câte trei, iară ceilalți cai câte trei trocuri pline de jar, Petru trase la fântână, adăpă și se făcu gata de cale.

- Stai! strigă Sfânta Vineri de la fereastră. Mai am să-ți zic o vorbă! Să-ți mai dau un sfat...

Petru s-apropie de fereastră.

- Lasă un cal aici și pleacă numai cu trei. Mergi apoi încet până ce vei ajunge la Împărăția Zorilor. Aici descalecă și intră pe jos... Când vei veni apoi îndărăt, așa să vii, ca toți trei caii să-ți rămâna în cale, s-ajungi pe jos.

"I will obey every word," said Petru, trying to go on.

"Don't be in a hurry, I haven't finished yet," the lady continued.

"Don't look at the Fairy Aurora, for her eyes bewitch, her glances rob a man of his reason. She is ugly, too ugly to be described. She has owl's eyes, a fox's face, and cat's claws. Do you hear? Don't look at her. And may the Lord bring you back to me safe and sound, my son Petru."

Petru thanked her for her counsel and waited no longer. Where should he find time to gossip with old women? He left the bay horse in the meadow and continued his journey.

Far, far away, where the sky meets the earth and the stars talk to the flowers, appeared a bright rosy glow, almost like that of the sky in early spring, only still more beautiful and wonderful. This was the Fairy Aurora's palace.

The whole space between was filled with flowery meadows. Then, too, it was neither warm nor cold, neither light nor dark, but midway between, just as it is on St. Peter's day, in mid-summer, when one rises early in the morning to drive the cattle to pasture. Petru rode through this beautiful region with a happy heart.

How long he rode can not be told in human language, for in that country night does not follow day and day night; it was always early morning with soft, cool breezes, a viewless sun, and a dim light. After a long journey, Petru saw something white appear in the rosy glow of the sky. The nearer he approached the more distinctly he saw what was now before his eyes.

It was the fairy-palace. Petru gazed and gazed, then drew a long breath like a man who says, "Oh, Lord, I thank thee!"

But ah, how beautiful this palace was!

- Aşa am să fac! grăi Petru voind să plece.

- Nu te grăbi, că n-am terminat, vorbi Sfânta Vineri mai departe.

- Să nu priveşti la Zâna Zorilor că ea are ochi care vrăjesc şi priviri care răpesc minţile. E urâtă, atâta de urâtă încât nici nu-ţi pot spune. Are ochi de buhă, faţă de vulpe şi gheare de mâţă. Auzi?! să nu priveşti la ea... Şi Dumnezeu să te aducă întreg şi sănătos, fătul meu Petre!

Petru mulţămi de vorbă şi învăţătură şi nu se mai opri... Unde avea el vreme de a stea cu babele la vorbă! Lăsă pe Murgul ca să pască, se întinse apoi la cale.

Departe... departe... unde se lasă cerul pe pământ, unde stau stelele de vorba cu florile, acolo se vedea o roşeaţă cam aşa cum e cerul colea în zorile de primăvară, dar mai frumos şi mai minunat!... Acolo era cetatea Zânei Zorilor.

De aci până acolo, de acolo până aci, nu era alta decât iarbă şi flori... şi apoi nu era nici cald, nici rece nici luminos, nici întunerec, ci aşa cumva între ele... cum e colea pe la Sfântu Petru când te scoli ca să mâni vitele la turmă... Petru numai de un drag umbla prin ţara asta plăcută...

Cât a mers Făt-Frumosul nostru aşa, aceea nu se poate spune cu vorbă omenească fiindcă într-această ţară n-a urmat zilei noaptea şi nopţii ziua, erau pururea zori cu vânt moale şi răcoros, cu soarele ascuns şi lumina de jumătate; împărăţia nopţii şi a zilei se începea numai de la casa Sfintei Vineri. După mult mers şi lungă călătorie. Petru văzu zărindu-se ceva alb printre roşeaţa cerului... Cu cât se apropia mai mult, cu atâta ceea ce vedea se desfăşura mai tare naintea ochilor lui. Asta era cetatea... Petru privi... privi... Răsuflă apoi o dată cu greu, ca omul care gândeşte: Doamne mulţumescu-ţi!

... Dar şi frumoasă era cetatea asta!...

Tall towers stretching far above the clouds, walls white as sea-shells, and brighter than the sun at noon-day, a roof of silver—but what kind of silver?

It did not even glitter in the sun—and the windows were all spun from air and set in frames of gold. Over all these things sunbeams played, as the wind plays with branches in spring.

Petru could not stay long, for he was in a hurry; so he dismounted, let the horses graze on the grass, took his flute, as the lady had directed, and saying, "God be with me!" started his task.

He had just walked three stones' throws when he saw a giant, who had fallen asleep by the sweet notes of the flute. This was one of the guardians of the Fairy Aurora's palace.

As he lay there on his back Petru began to measure him by footsteps. I won't exaggerate, but he was so big that when Petru had walked from his feet to his head, and he heavily sighed, but he did not exactly know whether from fatigue or fear. The rising moon is not so large as the giant's eye. And this eye was not even like other people's, but in the middle of the giant's forehead!

Petru was a brave hero, but he thanked God, the flute, and the lady, that he had not got into a fight with this monster of a man, and softly continued on his way.

The prince had walked about as far as a man usually goes before he feels like sitting down in the shade, when he encountered still more terrible foes.

Dragons, each with seven heads, were stretched out in the sun sound asleep, some on the left, some on the right. How these dragons looked I can not describe: nowadays every body knows that dragons are not things to be messed with or laughed at.

Niște turnuri înalte... înalte... până dincolo de Împărăția Nori-lor, niște păreți albi ca ghioceii și ridicați mai sus decât cum stă soarele la prânzul cel mare, un acoperiș de argint, dar cum de argint?!

Așa că nici nu strălucea în fața soarelui, și ferești... tot din aer tors cu multă maiestrie și țesut în gherghef de aur întunecos... Peste toate astea se jucau apoi razele vesele ale soarelui cum se joacă vântul cu umbra crengilor colea primăvara când se mișcă de leneș ce este. Petru stete uimit în loc, ca să se poata minuna de atâta frumusețe îngrămădită.

Mult n-a putut să steie că i-a fost degrabă: descălecă dară, lăsă caii, ca să pască pe iarba cea plină de rouă, își luă fluierașul pre-cum i-a fost zis Sfânta Vineri, zise o dată «Doamne ajută» și plecă la lucru cel mai mare. Abia merse așa singur, pe jos o cale cam de trei azvârlite bune, până ce și dete de un năzdrăvan adormit de dulceața fluierașului. Acesta era unul dintre pândarii din jurul cetății Zânei Zorilor... Oare Doamne cum a putut crește atât de lung? Cum s-a putut întrupa atâta de puternic?

Cum stătea așa culcat pe spate. Petru începu să-l măsoare cu pașii... Nu voiesc să spun minciuna!... a fost lung, foarte lung; atâta de lung a fost încât Petru răsuflă o dată cu greu când ajunse de la picioare la cap... nu știu acuma cu de-a bună seamă... de obosit, ori de uimit: nu e lună la răsărit atâta de mare, cât era ochiul năzdrăvanului. Apoi barem dacă ar fi fost și acesta ca la altă lume, dar era tocmai în mijlocul frunții... Așa era ochiul!... Petru voinic de voinic, dar zău! el mulțumi lui Dumnezeu fluierașului și Sfintei Vineri, cum că n-a dat de rău cu acest om neom și plecă încet mai departe. Așa, cam cât merge omul până ce-i vine să se așeze la răcoare mai merse Petru până ce dădu de alte lucruri și mai grozave... Niște balauri tot cu câte șapte capete erau întinși la soare și adormiți adânc, când pe de-a dreapta, când pe de-a stânga... Cum au fost acești balauri, aceea n-o mai spun: știe toată lumea că balaurii nu-s treabă de glumă și de râs...

This was the second line of defense. Petru hurried fast to past them, perhaps from fear. And it would have been no wonder if he was afraid! A dragon is a dragon!

The prince now reached a river. But it was no ordinary stream; milk flowed instead of water, not over sand and gravel, but over gems and pearls, and it ran neither slowly nor quickly, but both slowly and quickly at the same time. This was the river that flowed around the palace without ever stopping or moving.

On the river bank, each one leap from the other, lions were sleeping. And such lions! They had golden hair, and teeth and claws tipped with iron. These were the guardians of the other bank of the river, where there was a beautiful garden, as beautiful as gardens can only be in the Fairy Aurora's realm.

On the shore grew the fairest flowers and upon these blossoms fairies, each more beautiful and bewitching than the others, slept sweetly side by side.

Petru did not even dare to look at them. The prince now asked himself how he was to get across the stream. It was broad and deep and had only one bridge, and this bridge, too, was unlike any other in the world. On each bank was a bridge-head, each guarded by four sleeping lions! However, no human soul could cross it.

One saw it with the eyes, but felt nothing but empty air if he tried to set foot on it. Who knows of what material it was made! Perhaps of clouds.

Enough, Petru remained on the river bank. Cross? That he could not do. Swim over it? That was not to be thought of! What should he do?

Well, we needn't worry about Petru, he isn't easily frightened. He turned and went back to the giant.

Asta era a două pază a împrejurulul de curte... Petru trecu cam cu fuga nu știu acuma de grabă ori de groază... Nici n-ar fi fost însă minune dacă s-ar fi îngrozit! Balaurul e balaur!

Acum ajunse Făt-Frumos la un râu... Să nu gândească însă nimeni că acesta ar fi fost râu ca toate râurile... Nu apă, ci lapte curgea aici, nu peste nisip de piatră, ci peste pietre scumpe și mărgăritare... și nu curgea lin sau repede, ci lin și repede deodata cum curg zilele omului fericit... Acesta a fost râul, care curge jur împrejur pe lângă cetate... tot curge... tot curge... fără a mai sta, fără a mai merge mai departe.

Pe marginea râului dormeau tot cam de o săritură unul de altul niște lei înghierați... Ce lei însă! Cu părul de aur și pe dinți și gheare tot cu ferecătură... Aceștia erau paza râului... Dincolo de cea parte de râu era o grădină frumoasă... foarte frumoasă... cum nu poate fi decât la Zâna Zorilor. Pe mal tot flori din flori, pe flori dormeau dulce și lin tot zâne din zâne care de care mai frumoase, mai vrăjitoare și mai dulci la față.

Petru nici nu cuteză ca să privească într-acolo.

Făt-Frumos se întrebă acuma cum să treacă peste râu. Râul era lat și adânc, și peste râu numai o punte, asta însă cum nu mai sunt puține în astă lume. Dincoace și dincolo, pe un mal și pe altul, tot câte o frunte de punte păzită tot de câte patru lei dormitori. Puntea însă? peste punte nu poate trece suflet de om... O vezi cu ochii dar simți goliciune când calci cu piciorul pe ea... Cine știe din ce o mai fi fost și asta făcută! Doar chiar dintr-un pui de nor?

Destul că Petru rămase pe țărmul râului. Să treacă? Nu poate. Să înnoate? Nu e treabă. Ce să facă dară?!

Hai! Să nu fie grijă de Petru! Cu una cu două el n-o sfârșește! Se întoarce îndărăt până ce ajunse la năzdrăvanul cel mare.

"We'll run the risk," he thought, "we'll talk to each other. Wake up, my brave fellow," he shouted, pulling the monster by the sleeve of his coat.

When the giant woke up he stretched out his hand toward Petru—just as we do when we try to catch a fly. Petru blew into the flute, and the giant fell back to the ground, asleep. So Petru woke him up and put him to sleep again, three times in a row. When this was to be done for the fourth time, Petru unfastened his belt, tied the giant's two little fingers together with it, then drew his sword, and, tapping the monster on the chest, and shouted, "Wake up, my brave fellow!"

When the giant saw what a sad joke had been played on him, he said to Petru: "This is no fair fight! Fight honestly, if you are a hero!"

"Wait a while, I want to talk with you first," said Petru. "Swear that you will carry me over the river, then I'll release you for a fair fight."

The giant agreed, and Petru let him rise. When the giant was awake he rushed upon the prince to crush him at a single blow. But he had met his match. Petru too, dashed boldly at his opponent. They fought for three days and three nights; the giant grabbed Petru and hurled him into the ground so that he drove him into the earth up to his knees, but Petru buried the giant to his waist; then the giant threw Petru into the ground to his chest, and finally Petru forced the giant down to his neck. When the giant found himself cornered in this way he shouted out in terror:

"Let me go, let me go, I am conquered!"

"Will you carry me over the river?" asked Petru.

"I will!" he replied from the hole in the ground.

"What shall I do to you if you break your promise?"

Ce va da târgul și norocul, gândi în sine, să stam dară și la vorbă! «Scoala voinice!» strigă apoi pe năzdrăvan trăgându-l de mâneca surtucului.

Când năzdrăvanul se deșteptă din somn întinse palma după Petru... așa ca și când vrei să prinzi o muscă. Petru suflă în fluieraș... Năzdrăvanul căzu iarăși la pământ.

Așa-l trezi și adormi Petru de trei ori una după alta, adică de trei ori l-a trezit și de trei ori l-a adormit... Când fuse ca să fie de a patra oară, Petru își dezlegă năframa de la grumazi, luă degetele cele mici ale năzdrăvanului și le legă cu ea laolaltă, scoase sabia și prinzând pe năzdrăvan de piept mai strigă o dată: «Scoala voinice!»

Văzându-se năzdrăvanul atât de rău batjocorit:

- Ei, zise către Petru, nu te lupți în luptă dreaptă! Stai la luptă dacă ești voinic!

- Mai așteaptă oleacă! Mai-nainte am o vorbă cu tine, grăi Petru... Jură că mă vei trece peste râu, și atunci te las să vii la luptă. Năzdrăvanul făcu jurământ și Petru-l lăsă să se scoale.

Când năzdrăvanul se simți deșteptat se repezi la Petru ca să-l turtească c-o lovitură... și-a aflat însă omul! Nici Petru nu era de ieri de alaltăieri, și el se repezi voinicește. Trei zile și trei nopți se luptă. Năzdrăvanul dete cu Petru de intră până la genunchi în pământ; Petru dete cu năzdrăvanul până în brâu; iară dete năzdrăvanul până la piept. Și mai în urmă Petre până în grumaz! Când năzdrăvanul se simți așa strâmtorat:

- Lasă-mă, strigă înspăimântat, lasă-mă că mă dau bătut!

- Treci-mă peste râu? întrebă Petru.

- Trec! răspunse cela din gură.

- Ce să fac cu tine dacă îți calci vorba?

"Kill me; do whatever you choose with me, only let me live now!"

"Be it so!" said Petru, then taking the giant's left hand he tied it to his right foot, stuffed a handkerchief into his mouth so that he could not cry out, bandaged his eyes to prevent him from seeing, and led him to the river.

When they reached the stream the giant put one foot on the opposite bank, took Petru on the palm of his hand and set him carefully on the other shore.

"That's right!" said Petru; then he blew on his flute and the giant sank down on the river bank.

When the fairies, who were bathing in the milky waves of the river, heard the sound of Petru's flute they felt sleepy, came out, and fell asleep on the blossoms along the shore, where Petru found them when he got down from the palm of the giant's hand. He did not venture to linger long with them. They were beautiful, heaven knows! What must the Fairy Aurora herself be? Or was she the ugliest among the fair ones? The prince did not stop to ask himself many questions, but set off to see.

When he entered the garden, he began to wonder again. Much as he had seen and experienced, he had never beheld anything so beautiful. The trees all had golden branches, the waters of the fountains were clearer, the wind blew with a musical sound, and the flowers whispered sweet, loving words.

Petru wondered still more when he found that there was not a single unfolded blossom in the garden, nothing but buds. It seemed as if the world had stood still here, and it was always spring. Yet when did the flowers bloom, if they had not yet had time to open? And, if they did not bloom, why was it? This question, and many others, Petru asked himself on his way to the palace.

70

- Ucide-mă, fă ce vrei cu mine, numai acuma mă lasă să trăiesc.

- Aşa să fie dară! zise Petre, luă după aceea mâna cea stângă a năzdrăvanului şi o legă de piciorul cel drept, îi băgă năframa în gură ca să nu strige, îl legă la ochi ca să nu vadă şi porni aşa purtându-l de mână către râu.

Când ajunseră la râu năzdrăvanul păşi cu un picior de o parte, cu altul de alta de râu, luă pe Petru în palmă şi-l puse frumos de cealaltă parte.

- Acuma e bine! grăi Petru, suflă după aceea în fluieraş şi năzdrăvanul căzu de-a lungul pe malul râului.

Aşa trecu Petre râul. Când zânele cele ce se scăldau în laptele râului auziră sunetul fluieraşului lui Petru, ele căzură somnoroase, ieşiră din lapte şi adormiră pe florile de pe mal. Aşa dormind le află Petru când se coborî din palma năzdrăvanului...

Nici nu cuteză să steie multă vreme la ele... Frumoase erau, doamne! Cum putea apoi să fie însăşi Zâna Zorilor? Sau doară ea e cea mai urâtă dintre cele frumoase? Făt-Framos nu se întrebă mult, ci porni ca să vadă.

Când intră în grădină, începu a se minuna din nou. Cât a umblat şi păţit, atâta frumuseţe n-a mai văzut...

Lasă, că arborii erau tot cu craci de aur, că izvoarele curgeau mai limpede decât roua, că vânturile se mişcau cântând şi florile vorbeau vorbe dulci şi frumoase; dar Petru mai mult se mira de aceea că în întreagă această grădină nu era nici o floare desfăcută, ci numai boboci... Parcă aici a fost stat lumea locului şi era să fie pururea tot primăvară... Oare când vor înflori florile acestea, dacă n-au avut vreme să înflorească până acuma? Şi dacă n-au înflorit pentru ce?...

Aşa se întrebă Petru; aşa şi încă şi într-alt chip, în calea lui către cetate...

Nothing stood in his way, no one interfered with his thoughts, every body was asleep; the nymphs beside the fountains, the birds in the trees, the deer in the bushes, and the butterflies on the flowers, all were sunk in dreams by the music of the flute.

Even the wind no longer played with the leaves, the sunbeams no longer drank the dewdrops from the grass, and the river had ceased to flow. Petru alone was awake, awake with his thoughts, and his wonder at these thoughts.

He reached the court-yard of the palace. Around it stretched a thick, beautiful grass-plot - a grass plot that swayed like the wind. Before him was the gate - a gate made entirely of flowers and other beautiful things. Below and beside the gate were more flowers, each one more beautiful than the other, so that Petru thought he was walking on clouds as he passed over them. On the right and left slept fairies, who should have guarded the entrance of the court-yard. Petru looked around him in every direction, said once more, "God be with me!" and entered the palace.

What Petru saw I cannot describe; of course everybody knows that the palace of the Fairy Aurora can be no ordinary place. Around it were petrified fairies, trees with golden leaves, and flowers made of pearls and gems, columns made of sunbeams, steps as soft and bright as the couches of princesses, and a sweet, soothing atmosphere. Such was the court-yard of the Fairy Aurora's palace, and it could have been no different. Why should it? Petru went up the steps and entered the palace. The first twelve rooms were covered with linen, the next twelve with silk; then came twelve decked with silver and twelve with gold. Petru passed fast through the whole forty-eight, and in the forth-ninth apartment, which was the most magnificent of all, he found the Fairy Aurora.

Nimic nu-i stătea în cale; nimic nu-i oprea gândirea: toată lumea dormea; zânele de pe la izvoare, păsările de pe crengi, căprioarele dintre tufișuri și fluturii de lângă flori. Toate erau duse de fluierașul lui Petru.

Chiar nici vântul nu se mai juca cu frunzele, nici razele soarelui nu mai sorbeau roua de pe iarbă și râurile încetară de a mai curge... Singur Petru era treaz. Petru cu gândurile sale și Petru cu mirarea gândurilor sale.

Ajunse la curte. Jur-împrejurul curții se întindea un ierbiș frumos și des, un ierbiș ce fugea ca vântul. Poarta era în frunte: o poartă tot din flori și alte lucrări frumoase. Pe sub poartă și pe lângă poartă iarăși flori, care de care mai frumoase, încât lui Petru i se părea că umblă pe nouri când călca pe ele.

Pe de-a dreapta și pe de-a stânga dormeau zânele ce au fost să păzească intrarea în curte. Petru privi în toate lăturile, mai zise o dată «Doamne ajută!» și intră în cetate.

Ce a văzut Petru într-această curte, aceea nici n-o mai spun, știe doară toată lumea că în curtea Zânei Zorilor nu poate fi ceva lucru de rând. Jur-împrejur zâne împietrite, pomi cu frunzele de aur și cu florile de mărgele și pietre scumpe, stâlpi de raze de soare și netezi ca și paltinul, trepte lucii și moi ca și culcușul fetelor de împărat și un aer plin de miros dulce și adormitor...

Nici nu voiesc să spun, că numai grajdul în care stau caii Sfântului Soare, era mai frumos decât cetatea celui mai mare împărat din lume... Așa era asta la Zâna Zorilor și nici n-ar fi putut fi altfel... Cum să fie doară? Petru se sui pe trepte și intră în cetate... Cele dintâi douăsprezece odăi erau din pânză, altele douăsprezece din mătase. Urmară apoi douăsprezece de aur. Petru trecu cu iuțeală prin toate patruzeci și opt; aici află pe Zâna Zorilor într-a patruzeci și nouălea, care era cea mai frumoasă dintre toate.

The chamber was large, broad, and high, like one of the finest churches. The walls were covered with all sorts of silk and beautiful things, and on the floor, where one sets one's foot, was something, I don't know exactly what, but something as glittering as a mirror and as soft as cushions, besides many other beautiful things, such as a Fairy Aurora must have. Where should there be lovely things, if not in her palace!

As has been said, Petru fairly held his breath when he saw himself in the middle of so much beauty. In the center of this church, or whatever it was, Petru saw the famous fountain on whose account he had taken so long a journey, a fountain like any other, with nothing extraordinary about it. One couldn't help wondering that the Fairy Aurora allowed it to be in her room. It had columns such as were used in ancient times, but they had evidently been allowed to remain for some special purpose.

And now I will tell a wonderful thing. Beside the fountain lay the Fairy Aurora herself—the real Fairy Aurora! The couch was made of gold and heaven knows what else, but it was a beautiful one, and on it slept the Fairy Aurora, resting on silken cushions filled with spring breezes. Of course she was not beautiful. Why should she be? Had not the lady said that she was a combination of hideous things? Why should we delay in our words? Perhaps the lady was right! It might be so. When Petru looked at her as she slept there on her couch, he held his breath and no longer played on the magic flute—he was scared by this wonder of wonders. No, she was beautiful, far, far more beautiful than one would expect the Fairy Aurora must be! I'll say no more.

On the right and left of the couch slept twelve of the prettiest fairies in the kingdom, who had evidently been overtaken by slumber while waiting on their queen.

Astă casă era lungă, lată, înaltă, ca și o biserică din cele mai frumoase... jur-împrejur păreții erau acoperiți cu fel de fel de mătăsuri și alte lucruri minunate; pe jos, pe pământ, pe unde umblai cu picioarele, era nu știu ce strălucitor ca oglinda și moale ca perina și... mai erau acum tot felul de lucruri frumoase, ca la Zâna Zorilor adecă... Unde va fi doară frumos, dacă nu aicea!...

Cum zic, lui Petru i se opri răsuflarea, când văzu că se vede în mijlocul atâtor lucrări așa grozav de frumoase... În mijlocul acestei biserici, sau ce era, văzu Petru fântâna cea vestită pentru care a venit el atâta lume de pe pământ... fântână ca toate fântânile și nimic mai mult!... Te miri cum a și răbdat-o Zâna Zorilor în casa ei!... Avea niște doage din moși strămoși. Bag seamă, a fost lăsat ca așa să rămână!...

Și acum ar trebui să spun o vorbă mare!... Lângă fântână era chiar Zâna Zorilor aievea așa cum era!

Era doamne un leagăn de aur și... numai Dumnezeu știe de ce încă, destul cum că era frumos, aici în leagăn dormea Zâna Zorilor pe perini de mătasă umplute cu suflare de vânt de primăvară... Nici nu era frumoasă... Dar de unde să și fie!... N-a zis doară Sfânta Vineri că are fel de fel de lucruri urâte și îngrozitoare? Ce să mai lungim doară vorba? Poate că Sfânta Vineri a avut dreptate. Poate să fie!...

Destul când Petru privi la ea așa cum dormea în leagăn, el stete cu sufletul amorțit și nu sufla mai mult în fluierașul cel vrăjit... Era încremenit de minunat ce se minuna... Ba! frumoasă era... frumoasă!... Mai frumoasă decât chiar cum ți-ar părea că ar fi să fie Zâna Zorilor... Mai mult nu vreau să zic!

Pe de-a dreapta și pe de-a stânga leagănului dormeau câte douăsprezece zâne din cele mai alese. Bag samă au adormit legănând pe împărăteasa lor...

Petru was so absorbed in gazing at the Fairy Aurora that he did not notice them till, no longer hearing the flute, they moved in their sleep. Petru, too, trembled, and began to play again. The whole palace was once more sunk in slumber, and Prince Charming advanced three paces.

Between the couch and the fountain was a table on which were a tender white loaf, kneaded with milk, and a goblet of red wine, sweet as a morning dream. This was the bread of strength and the wine of youth.

Petru looked once at the bread, once at the wine, and once at the Fairy Aurora, then with three steps more reached the couch, the table, and the fountain. When he stood beside the couch he almost lost his senses - he really could not control himself, and stooping slowly toward Fairy Aurora.

She opened her eyes, and looked at the prince with a glance which made him lose his senses still more. He played upon his flute that she might fall asleep again, placed the golden wreath on her head, took a piece of bread from the table, drank a sip of the wine of youth, then kissed the fairy, ate another mouthful of bread, and drank more wine. This he did three times in succession.

Three times he kissed the Fairy Aurora, three times he ate of the bread, and three times he tasted the wine. Then he filled the jug with water from the fountain and vanished like a piece of good news.

When the hero entered the garden he found an entirely new world. The flowers were flowers, the buds had opened, the fountains played faster, the sunbeams danced more cheerily on the palace walls, and the fairies' faces looked more joyous. All this was due to the three kisses.

Petru nici nu le văzu de privit ce privea la Zâna Zorilor, până ce nu tresăriră toate din somn, când nu mai auzira fluierașul... Petru... tresări dară și el... și începu a cânta din nou din fluieraș... Iarăși adormi lumea, și Făt-Frumos păși cu trei pași mai înainte.

Între leagăn și fântână era o masă, pe masă un colac alb și moale, frământat cu lapte de căprioară, și un bocal de vin roșu și dulce ca visul de dimineață... Acesta era colacul puterii, și celălalt vinul juneței...

Petru privi o dată la colac, o dată la vin și o dată la Zâna Zorilor, se apropie după aceea cu încetul, păși doi pași către leagăn, masă și fântână.

Când Petru ajunse la leagăn, își pierdu mințile și nu se mai putu răbda și sărută pe Zâna Zorilor... Zâna Zorilor deschise ochii și privi la Petru cu o privire încât el își pierdu mințile încă mai tare...

Suflă după aceea în fluieraș ca Zâna Zorilor s-adoarmă; luă cununa cea de aur și o puse pe fruntea Zânei Zorilor; luă o bucătură din colacul de pe masă, bău o înghițitură din vinul întineritor... și iarăși sărută și iarăși luă o îmbucătură, iarăși bău o înghițitură...

Așa de trei ori una după alta... de trei ori a sărutat pe Zâna Zorilor, de trei ori a îmbucat din colac și de trei ori a gustat din vin... După aceea și-a umplut ulcioarele cu apă din fântână și a pierit cum piere vestea cea bună.

Când Petru ajunse în grădină, dete de o lume cu totul nouă. Florile erau flori; bobocii se desfăcuseră; izvoarele curgeau mai repede; razele soarelui se jucau mai vesel pe părețiicetății, zânele aveau mai multă plăcere în fețele lor. Toate aceste din trei sărutări...

Petru went away by the same road that he came, amid the fairies and flowers, on the palm of the giant's hand, past lions, dragons, and other monsters. Then, seated in his saddle, he cast one glance back and saw that the whole world behind him was in motion. But they had somebody before them worth chasing. Not like the wind, not like thought, not like longing, not like a curse, but even faster than happiness vanishes, Petru hurried on his way. The pursuers were left behind, and the prince reached the lady, the witch's sister, on foot. She knew that he was coming by the neighing of the horse, which had felt its master's approach three days off, so she came to meet him, bringing some white bread and red wine.

"Welcome back, Prince Charming!"

"Good morning, thank you kindly, sweet lady!"

Petru then handed her the jug of water from the Fairy Aurora's fountain, and his hostess thanked him most warmly. They exchanged a few words about the prince's journey, the Fairy Aurora's palace, and the beauty of this sister of the Sun—then Petru saddled the horse, for he really had no time to lose. Holy Friday listened sometimes joyously, sometimes bitterly, sometimes merrily, sometimes angrily, but when she saw that Petru was surely going, to carry home his portion of the water from the fairy fountain, she wished him health and happiness. Petru did not stop till he reached the house of the witch. Here he dismounted and entered as had been agreed, but did not stay long, merely greeted her, talked a little while, and then said farewell.

"Stop, let me tell you something else before you go on," said the witch anxiously.

"Take care of your life; enter into conversation with no one, don't ride too fast, don't let go of the water, believe no promises, and fly from lips that speak sweet words!

Cum a intrat Petru așa a și ieșit: printre zâne și flori, pe palma năzdrăvanului, printre lei, balauri și năzdrăvani... Când fu apoi în seară privi o dată îndărăt și văzu că lumea întreagă s-a pornit în urma lui... Hei! dar și-au dat de om! Nu ca vântul, nu ca gândul, nu ca dorul, nu ca blestemul, ci mai repede, cum trece fericirea s-a fost lăsat Petru pe cale... Goana rămase îndărăt și Petru sosi pe jos la Sfânta Vineri.

Sfânta Vineri știa că Petru o s-ajungă, din rânchezatul Murgului, care din cale de trei zile simți apropierea stăpânului său: îi ieși dară în cale cu colac moale și cu vin roșu.

- Bun ajuns, Făt-Frumos!

- Bună ziua, soră sfântă!

Petru-i dete ulciorul cu apă de la fântâna Zânei Zorilor. Sfânta Vineri-i mulțumi frumos. Mai vorbiră apoi câteva cuvinte despre calea lui Petru, despre curtea Zânei Zorilor și despre frumusețea sorei Soarelui și Petru puse șaua pe Murgul, că zău! el nu prea avea vreme de pierdut...

Baba Vineri asculta când cu dulce, când cu amar, când cu drag, când cu necaz; văzând apoi cum că Petru va să meargă îi pofti sănătate și noroc.

Petru nici nu stete până n-ajunse la Sfânta Joie. Aici se coborî de pe cal și intră; precum a fost vorbă să fie.

Nici la Sfânta Joie nu se prea opri; zise «bună ziua», mai făcu o vorbă scurtă și luă «sănătate bună».

- Stai! să-ți mai spun una mai nainte de a porni în cale, zise Sfânta Joie cu grijă.

- Să-ți ai grijă de viață; să nu legi vorbă cu om, să nu mergi iute, grăbit; să nu iei apă de la mână; să nu crezi la vorbă și să fugi de buze dulci.

"Go as you came, the way is long, the world is wicked, and you have something very valuable in your hand, so listen to me. I give you this handkerchief, it is made neither of gold, silver, silk, nor pearls, but striped linen; take good care of it, it is enchanted. Whoever carries it no lightning can strike, no lance stab, no sword slay, and no bullet pierce."

Such were the witch's words. Petru took the handkerchief and listened to her counsel; then dashed off on the horse, hurrying as princes do hurry, when seized by homesickness.

Just at the right time he remembered his enchanted box, and, wishing to know what was going on in the world, drew it out of its case. He had barely pulled it out and not wholly opened it, when the voice inside said:

"The Fairy Aurora is angry because you took the water away. The witch is angry because she has broken her jug, your brothers Florea and Costan are angry because you have taken the empire from them."

Petru began to laugh when he heard of so much anger. He did not exactly know what else to ask.

"How did the witch break the jug?" he said at last.

"She began to dance with joy, and fell down with it."

"How have I taken the empire from my brothers?"

The box now began to relate how Florea and Costan, as the emperor was now old and blind in both eyes, had gone to him and begged him to divide his kingdom between them. The emperor had replied that no one should rule the land except he who brought water from the Fairy Aurora's fountain.

As the brothers understood his meaning they went to old Birscha, who told them that you had been there, accomplished the feat, and set out on your way home.

- Să te duci cum ai venit... Calea e lungă, lumea e rea și tu ai la tine lucru mare!... Ascultă dar de mine: iaca-ți dau o năframă; nu e de aur, nu-i de argint nici de mătasă, nici de mărgele; e de pânză nesădită, să o porți că e vrăjită... Cine-o poartă, pe acela fulgerul nu-l ajunge, sulița nu-l pătrunde, sabia nu-l taie și gloanțele sar de pe trupul lui.

Așa grăi Sfânta Joie. Petru primi și ascultă; se lăsă apoi cu Murgul în vânt și se duse... se duse... cum se duc adică Feții-Frumoși când îi mâna dorul de casă. La Sfânta Miercure Petru nici nu se mai coborî de pe cal, ci zise «bună ziua» din spatele calului și mână mai departe.

Într-o bună vreme îi veni cutia cea vrăjită în minte și vrând să audă veste din lume, o scoase din teacă. Nici nu o scoase bine, nici nu o deschise cum se cade, până ce și începu a vorbi ce vorbea de acolo din ea.

- S-a supărat Zâna Zorilor pentru că i-ai furat apă... S-a supărat Sfânta Vineri pentru că i s-a spart ulciorul... S-au supărat frații tăi Florea și Costan pentru că le-ai luat împărăția.

Petru începu a râde când auzi de atâta supărare. Nici nu știa ce să întrebe mai întâi.

- Cum a spart Sfânta Vineri ulciorul?

- De bucurie ce i-a fost a început a juca și a căzut cu ulcior cu tot.

- Cum am luat eu împărăția de la frații mei?

Cutia începu acuma a spune că fiind împăratul bătrân și orb de amândoi ochii, Florea și Costan s-au dus la el și au cerut ca să împartă împărăția între dânșii. Împăratul le-a spus că numai acela va împărți țara, care va aduce apă de la fântâna Zânei Zorilor. Înțelegând frații lucrul merseră la Baba Bârsa și asta le spuse că ai fost, ai făcut și ai pornit ca să vii.

The two brothers consulted together and are now on their way to meet Petru, kill him, take the water from him, and reign over the country.

"You lie, you accursed box," shouted Petru furiously, when he heard all this, and dashed the casket upon the ground so that it broke into seventy-seven pieces. He had not ridden much further, since he saw the clouds of his own country, felt his native breezes, and saw here and there, in the distance, one of the mountain peaks on the frontiers of his home. Petru stopped, that he might see more distinctly what it seemed to him that he only thought he perceived.

He was just going to cross the bridge on the borders of the empire, when he thought he heard a distant sound, as though someone were calling him, and even shouting his name: "Petru!" He wanted to stop.

"Forward, forward," shouted the horse. "Bad things will happen if you stop."

"No, no, stop! Let us see who and what it is, and what they want. Let me look the world in the face!" So saying, Petru turned the horse's bridle.

Oh, Petru, Petru! Who told you to stop? Wouldn't it be better for you to remember what the witch said to you? Wouldn't it be better for you to listen to your horse? That's the way of the world, you can do nothing to change it! When he turned, he saw his brother Florea and his brother Costan. They were both there, and approached Petru.

Forward, Petru, hurry on! Or did not the witch tell you that you must enter into conversation with no one? Or do you no longer remember the news that the magical box brought you? The brothers drew near with fair words and honey on their lips. What did the witch say? Petru, Petru, have you forgotten?

Frații se sfătuiră și acuma au pornit în calea lui Petru, ca să-l ucidă, să ia apă de la el și să împărățească peste țară.

- Minți, cutie spurcată! strigă Petru mânios când le auzi toate acestea, și dete cu cutia de pământ, încât crăpă în șaptezeci și șapte de bucăți.

N-a mai mers mult până ce și văzu nourii din țara sa, simți suflarea vânturilor de acasă și zări din depărtare pe ici colea câte un munte de pe marginile țării... Petru stete în loc ca să vadă mai bine, că-i părea că nu e adevărat ce-i părea.

Era să treacă peste puntea cea din marginea împărăției când văzu c-aude ceva din depărtare... așa ceva ca și când ar striga un om, și ca și când l-ar striga chiar pe el după nume

- Măi Petre!

Voi să stea în loc.

- Mergi! mâna! strigă Murgul. Nu e bine să stai!

- Ba nu! stai! să vedem ce e cine și pentru ce? Să dăm fața cu lumea.

Petru zise și suci frâul Murgului.

- Ei Petre! Petre! Oare cine te-a învățat să stai?... Oare n-ar fi mai bine să te pleci la sfatul Murgului?... Așa e lumea n-ai ce face!

După ce se întoarse văzu, doamne, pe cine văzu! pe frate-său Florea și pe frate-său Costan... Amândoi erau și împreună se apropiau către Petru...

Petre! mergi! mâna! Sau nu ți-a zis Sfânta Joie să nu legi vorba cu om? Sau nu știi ce veste ți-a dat cutia Sfintei Miercuri? Frații veneau cu vorbă bună și cu buze dulci... Și Sfânta Joie a fost zis... Petre! Petre!... ai uitat, ce-a zis?!...

When Petru saw his dear brothers, he leaped from the horse's back and rushed into their arms. Dear me! How could he help it? How long it was since he had seen a human face or heard one word of human speech!

The conversation flowed as it flows among brothers. Petru was happy; Florea and Costan were full of sweet words, there was honey on their lips. Only the horse was sad and hung his head mournfully. After the brothers had talked a long time about the old emperor, the country, and Petru's journey, Florea began to frown.

"Brother Petru, this is a wicked world!—wouldn't it be better for you to give us the water to carry? People will come to meet you, but nobody will know anything about us, from where we come, where we are going, or what we have."

"Yes, indeed," said Costan, "Florea speaks the truth."

Petru shook his head once or twice, and then told his brothers about his charmed handkerchief. They now perceived that there was only one way to kill the hero, so Florea began to talk to Petru over Costan's shoulders. About three stones'-throws off was a well of clear, cold water.

"Aren't you thirsty, Costan?" asked Florea, winking at Costan.

"Yes," replied Costan, understanding what Florea meant. "Come, Petru, let us quench our thirst, and then may God help us on our way. We'll follow you to protect you from trouble and danger."

"Don't go, Petru, don't go, or bad things will happen!" The horse neighed only once. Ah, but the hero did not understand. What happened then! What should happen? Nothing!

The well was broad and deep. The two brothers went home with the water, as if they had brought it from the Fairy Aurora.

Când Petru văzu pe frații săi cei dulci zbură din spatele Murgului la ei în brațe. Doamne! Dar cum să nu zboare! De când n-a văzut el față de om? De când n-a auzit vorbă pământească?

Și a curs vorba cum curge între frați. Petre era vesel și fericit. Florea și Costan erau buni la vorbă și dulci la buze... Singur Murgul era trist, singur el își lăsă capul la pământ. După ce frații vorbiră multe de împăratul bătrân, de țară și de calea lui Petru, Florea începu a-și încreți fruntea.

- Frate Petre! Lumea e vicleană! N-ar fi mai bine ca să ne dai nouă apa ca s-o ducem noi? grăi fratele. Ție-ți iese unul în cale, iară pe noi nimeni nu ne știe, de unde venim, unde mergem și ce ducem.

- Da! da! grăi Costan, Florea vorbește bine. Petru clatină o dată... de două ori din cap și spuse fraților săi treaba cu năframa. Frații cei doi văzură acuma că pentru Petru nu este decât o moarte.

Florea începu dar a bate șaua ca să priceapa iapa.

Cam de vreo trei azvârlite d-acolea era o fântână cu apă limpede și rece.

- Nu ți-e ție sete măi Costane? grăi Florea trăgând o dată cu ochiul către Costan.

- Da! răspunse Costan, pricepând ce și cum ar trebui să fie. Hai, frate Petre să ne stâmpărăm o dată setea și apoi să pornim cu Dumnezeu. Noi vom merge în urma ta și te vom păzi de necaz și primejdie.

- Nu merge Petre!... Nu merge că nu dai de bine!... Murgul necheza o dată... Hei! Dar Petru nu l-a înțeles.

Ce s-a întâmplat după aceea! ? Ce să se întâmple? Nimic nu s-a întâmplat!... Fântâna era lată și adâncă... Frații porniră cu apa către casă ca și când ei ar fi adus-o chiar de la Zâna Zorilor.

The horse neighed again, so fiercely and mournfully that even the woods shook with fear, then rushed to the well and stood there paralyzed by grief. This was the story of Petru, the brave, the heroic prince. It seems as if he were destined to arrive at an evil hour.

A banquet was held at the emperor's court, and all sorts of splendid ceremonies were arranged. All through the land went the news that the king's sons, Florea and Costan, had brought the water from the Fairy Aurora. The emperor washed his eyes with the water and saw as never mortal man had seen before. After dividing the empire between his two brave sons, he retired to his large private estates to spend his old age in peace. So ended the story of the water from the Fairy Aurora's fountain. The country celebrated the event for three days and three nights, then the people went to work again as if nothing had happened.

After Petru had left, the couch, the palace, and the court-yard, and the sound of his flute could no longer be heard, the Fairy Aurora recovered her consciousness, opened her eyes, raised her head, and looked around her in every direction as if searching for something, though she herself did not exactly know what. "What was that?" she asked, half awake, half-dreaming—"Who?"

It seemed to her as if she had seen something in a vision,—no, in reality,—something sweet and pleasant. A creature like a human being, but with a more commanding glance, something unlike anything she had ever beheld before.

"Don't you know what it was? Did you see it too! Or, have you, too, been asleep, been dreaming?"

Such were the questions the Fairy Aurora asked her fairies and herself. She felt as if she had had a different soul ever since she saw this wonder. But no one answered her; everyone was in a state of astonishment.

Murgu mai necheză o dată aşa de turbat şi de dureros încât se înfiorară şi pădurile... fugi până la fântână... şi stete împietrit de durere.

Aşa fuse treaba cu Petru cel voinic şi Făt-Frumos viteaz! Bag samă aşa i-a fost ursita, ca s-ajungă în ceas rău!

La curtea împăratului se făcu ospăţ şi veselie mare. Merse vestea în ţară, cum că feciorii împăratului Florea şi Costan au adus apă de la fântâna Zânei Zorilor.

Împăratul se spălă cu apă pe ochi şi văzu, cum om încă n-a mai văzut... Era în casa împăratului pe după cuptor un vas cu curechi; în doaga acestui vas şedea un vierme: împăratul îl văzu prin lemn, aşa vedea de bine.

După ce împăratul împărţi ţara între feciorii săi cei voinici, se retrase în curtea sa cea mare, ca să-şi trăiască zilele bătrâneţelor în pace.

Aşa se sfârşi treaba cu apa de la fântâna Zânei Zorilor: Ţara făcu un ospăţ de trei zile şi trei nopţi şi se puse iarăşi la lucru ca şi când nici nu s-ar fi întâmplat nimic.

După ce Petru se depărtase de la leagăn, ieşi din casă şi curte... după ce sunetul fluieraşului nu se mai auzea, Zâna Zorilor îşi veni în fire, deschise ochii, ridică capul şi privi în toate lăturile căutând nici ea singură nu ştia ce... Ce a fost? întrebă pe de jumătate încă prin vis. Cine? I se părea, cum că a văzut ceva prin vis ba chiar aievea... ceva dulce, plăcut, o fiinţă... ca şi când ar fi omenească, însă mai puternică în privire, mai altfel decât ceea ce a fost văzut până atunci...

- Nu ştiţi voi ce a fost?... Aţi văzut şi voi?... Sau aţi dormit?

Aţi visat? aşa le întrebă Zâna Zorilor pe zâne... şi se întrebă pe sine însăşi... îi părea că de când a văzut ce-a văzut chiar nici sufletul său nu mai e tot acela... şi nimenea nu-i răspundea, toată lumea stătea uimită.

The Fairy Aurora noticed the wreath: "What a beautiful garland! Who gathered the flowers for it, who twined them into a coronal, and who brought the wreath here and laid it on my couch?" And the Fairy Aurora became sad.

She saw the bread on the table. Three mouthfuls were missing, one on the right side, one on the left and one out of the middle. It was the same with the wine of youth; three sips were missing, one from the top, one from the bottom, and one from the middle. Somebody must have been there. The Fairy Aurora grew still more sorrowful; it seemed to her as if she missed something, yet she did not know what or where.

The water in the fountain was dark. Water! Somebody has taken water away from here! And the Fairy Aurora was wrathful and upset. How had anyone been able to enter undetected? Where were all the sharp-eyed guards? The giants, the dragons, the iron-clawed lions, the fairies, the flowers, and the sun—what had they all been doing? Nobody had watched! Had nobody been at their posts? The Fairy Aurora now fell into a perfect rage. "Lions! Dragons! Giants! set forth, pursue, catch, seize and bring him back." Such were the orders of the Fairy Aurora in the fury of her wrath.

The command was issued and set her whole realm in commotion, but Petru had fled so swiftly that not even the sunbeams could overtake him. All returned sorrowfully; all brought sad tidings. Petru had crossed the frontiers of the kingdom, had gone where the Fairy Aurora's guards possessed no power.

The fairy queen now forgot her anger in her grief, and sent forth the Sun to make seven days into one, to search, gaze, and bring news. During this long day the Fairy Aurora did nothing but watch the course of the Sun; she looked and looked till the tears began to stream from her eyes, I don't know whether from looking so long or from her great sorrow.

Văzu cununa...

- Ce cunună frumoasă!... Cine oare a cules florile din ea? Cine oare le-a împletit în cunună? Și cine oare a adus aici cununa și a lăsat-o la mine pe leagăn?! Zâna Zorilor se întristă!

Văzu pâinea pe masă... Lipseau din ea trei bucățele; una de-a dreapta, una de-a stânga și una din mijloc.

Din vinul juneței lipseau asemenea trei înghițituri: una de deasupra, una din fund și una din mijloc... A trebuit să fi fost cineva aicea... Zâna Zorilor se întristă încă mai tare; îi părea că o doare ceva, și nu știa ce și unde...

Apa din fântână era tulbure... Apă! apă a dus cineva de aici!... Zâna Zorilor se supără. Cum a putut intra cineva fără veste?!

Unde e paza cea aspră? Năzdrăvanii? Balaurii? Ce au făcut leii ferecați?! Și zânele? Și florile? Și soarele?... Nimeni n-a păzit? Nimeni n-a fost la locul său?!... Zâna Zorilor se supără pe deplin.

- Lei, zmei, balauri, năzdrăvani, porniți, goniți, ajungeți, prindeți și aduceți! porunci Zâna Zorilor în supărarea ei cea mare. Porunca sună și toată lumea se puse în mișcare.

Petru s-a fost însă întins la fugă încât nici razele soarelui nu-l puteau ajunge.

Toți veniră triști, toți aduseră vești triste. Petru a fost trecut peste marginile Împărăției Zorilor unde întreaga pază nu mai avea putere.

Zâna Zorilor își uită acuma supărarea de tristă ce se făcu și trimise pe Sfântul Soare ca să umble în lume să facă din șapte zile una... să cerce să afle și s-aducă vești.

O zi din șapte zile Zâna Zorilor n-a făcut alta decât a stat și privit în calea Soarelui, a privit... privit... până ce au început a-i curge lacrimile din ochișori, nu știm acuma de privitul cel mult ori de durerea și dorul ei cel mare!

Behold! On the seventh day the Sun came home, — red, tired, and sad. More bad news. Alas! Petru was where the sunbeams could not penetrate.

When the Fairy Aurora saw that this last trial had also been vain, she gave strict orders throughout her whole country that the fairies should no longer smile, the flowers no longer send our their fragrance, the breezes no longer blew, the springs no more poured clear waters, nor did the sunbeams shine.

Then she commanded that the black veil of darkness should be let down between the world and her empire, a veil so thick that only a single sunbeam should pierce it, to convey the news that the sun would not move through the sky until the person who had taken the water from the fountain should come. And this news went through the darkened world. The people agreed that the great light had been solely for the emperor's eye-sight. Nobody in the world saw except the emperor, nobody saw the annoyances of the darkness except the emperor, and nobody was more unhappy than the emperor. So he advised and commanded his sons, Florea and Costan, to set out and free the world from the darkness.

Whoever lies once, will lie a second time; Florea mounted his horse and rode by the way Petru had smoothed to the Fairy Aurora's kingdom. When he had nearly reached her court, the fairy felt that some stranger was approaching.

"Is anybody coming?" she asked, rather sharply.

"Someone is coming," replied the dragons who mounted guard at the bridge.

"How is he coming? Over or under the bridge?" The bridge, from what we know, was unable to be crossed. Florea passed under it.

"The hero is passing under the bridge!" replied the dragons, somewhat amused.

Iată-ntr-a șaptea zi Sfântul Soare se reîntoarce... roșu, trist și obosit... iarăși veste rea!... Hei! că Petru era unde razele soarelui nu pot pătrunde!

După ce Zâna Zorilor văzu că și cea din urmă încercare fu în zadar, dete poruncă aspră în țară: Zânele să nu mai zâmbească, florile să nu mai miroasă, vânturile să nu mai miște, izvoarele să nu mai curgă limpede și razele soarelui să nu mai lumineze.

Porunci apoi, ca între lume și Împărăția Zorilor să se lase vălul cel mare al întunecimii prin care să nu străbată decât o singură rază de soare, care să ducă vestea-n lume cum că «până ce nu va veni acela care a dus apă de la fântână, soarele să nu se mai miște pe cer».

A mers vestea în lumea cea întunecoasă... oamenii înțeleseră că lumina cea grozavă nu e decât pentru lumina ochilor împăratului...

Nimeni nu vedea în lume afară de împăratul; nimeni nu vedea necazurile întunericului decât împăratul. Dete dar fiilor săi Florea și Costan sfat și poruncă, ca să pornească, să meargă și să mântuiască lumea de întuneric.

Cine a mințit una, minte și a doua; Florea se puse în șa și porni către Împărăția Zorilor acuma când Petru a fost curățit calea.

- Vine cineva? întrebă cam aspru.

- Vine, răspunseră zmeii, ce stăteau pază la punte.

- Cum vine, peste punte ori pe sub punte? Puntea era - acum știm noi - cum era! Florea trece pe sub punte.

- Voinicul vine pe sub punte! răspunseră zmeii cam în glumă.

"See about him, or darkness will take over your light," said the fairy, receiving Florea at his entrance.

Florea was thrilled by the sight of so much beauty.

"Welcome, my hero! Did you steal the water?"

"Yes, you are right, I took it."

"Did you drink the wine?"

Florea remained silent.

"Did you eat the bread?"

"No," said Florea.

"Did you kiss me?"

Florea was silent.

"Then may you lose your sight! I'll teach you to tell another lie!" said the fairy, angrily, giving Florea two slaps, one on the right ear and the other on the left, till everything grew dark before his eyes. Two dragons led the blind prince out of the palace, and the matter was settled.

Costan now set out to follow his brother's example. He set out for the Fairy Aurora's palace, reached it, and just the same thing happen, as happened to Florea—he, too, left it a blind man. There was now not a single ray of light in the whole earth. The world was deprived of light on account of one emperor's eyes.

After the Fairy Aurora had found that she could not recover Petru, she summoned everyone in her whole domain; the fairies, the flowers, in short, all her subjects. Even the sun himself was obliged to come down from the sky, unharness the horses from his chariot, lead them to the stable, and go to the Fairy Aurora's palace. When all were assembled, the beautiful queen gave them no further commands, but in her

- Grijiți de el, neagră vă fie lumina! zise acuma Zâna și primi pe Florea să intre.

Pe Florea-l trecură fiorii când văzu atâta frumusețe.

- Bun ajuns voinice! Tu ai furat apă?

- Să fie de bine! Zău eu am luat-o.

- Tu ai băut vinul?

Florea stete mut.

- Tu ai mâncat pâinea?

Florea zise «ba».

- Tu m-ai sarutat?

Florea-și uită vorba.

- Na! Oarba-ți fie lumina! Învață-te să mai minți! zise acuma Zâna supărată și-i dete lui Florea două palmi, una pe de-a dreapta, una pe de-a stânga, încât ăstuia i se întunecară ochii. Doi zmei dusera apoi pe orbitul de Florea acasă și treaba se găti.

Porni și Costan în urma frăține-său. Porni, ajunse, o păți și reînturnă. În lume nu mai rămase acuma nici o rază de lumină.

Așa rămase lumea întreagă oarbă de dragul ochilor unui împărat...

După ce Zâna Zorilor a văzut cum că nu poate afla pe Petru, a chemat la sine pe întreaga țara sa, pe zmei, balauri, năzdrăvani și lei, pe toate zânele, pe toate florile, pe toți supușii i-a chemat la sine. Chiar și Sfântul Soare a trebuit să se coboare de pe cer, să desfrâne caii de la căruță, să-i bage în grajd și să intre la Zâna Zorilor... Când au fost așa toți adunați împreună, Zâna Zorilor nu le împărți mai mult la porunci, ci tristă și mustrată cum era, luă ziua bună de la toți supușii săi, le mulțămi pentru iubire și credință și-i trimise în lume, ca să meargă să facă

grief and suffering said farewell to all her subjects, thanked them for their love and confidence, and sent them out into the world, that each one might act according to his own ideas, keeping only two lions, two large and two small dragons, and two giants, that she might have somebody to guard the bridge. She sent all the fairies into the garden, telling them not to come back to the court till she was happy once more, then gave orders that the flowers should cease to smell so sweet that every human being would carry them away, the winds wail so sadly that no mortal could help weeping to hear them, the springs send forth bitter waters, and the sun daily cast seven times seven cold rays into the world. After saying all these things, she went to the great wheel on which the threads of human life are wound, stopped it, so that it could no longer turn, and human existence became changeless. Then the Fairy Aurora hid herself from the world in the darkest and dreariest corner of her whole palace.

The big and little dragons and the giants went out into the wide world and hid themselves for very shame in the most secluded caves and deserts, so that they could no longer be seen by any human eye; the lions shook the gold from their manes, the iron from their teeth and paws, and became furious with rage; the fairies concealed themselves in the garden; the flowers, springs, and winds obeyed the Fairy Aurora's will; and the cold rays of the sun, lacking both warmth and light, can still be seen in the sky on summer nights.

Human life was at a stand, time ceased to move. Two lions, two big and two little dragons, and two giants mounted guard at the bridge. How long the Fairy Aurora's kingdom remained in this state is not known and cannot be told. Much time passed without moving.

The lady, the witch's sister, too, at last noticed that the Fairy Aurora was angry; the few sunbeams, and the whirlwinds which shook the whole world, had brought her the news.

fiecare după capul și priceperea sa. Numai doi lei, doi zmei, doi balauri și tot atâția năzdrăvani opri la sine, ca să fie cine să-i păzească puntea. Trimise toate zânele în grădină și lăsă, ca să nu intre-n curte până ce nu o vor vedea pe ea senină; lăsă ca florile să miroasă d-aici înainte un miros, care îmbată orice ființă omenească, ca vânturile să se miște cântând atât de dureros încât orice suflet omenesc să plângă când le aude, ca izvoarele să curgă apă amară, și lăsă ca soarele pe toată ziua dată de Dumnezeu să arunce câte șapte raze seci în lume.

După ce toate acestea le rândui, se duse la roata cea mare, pe care era învârtit firul traiului omenesc și opri roata de a se mai întoarce și viață omenească de a mai curge... Dup-aceea... Zâna Zorilor se ascunse din fața lumii în fundul curții celei mari, în locul cel mai întunecos și mai neîngrijit...

Zmeii, balaurii și năzdrăvanii ieșiră-n lume și de rușine ce le era, s-ascunseră în cele mai adânci pustiuri, peșteri - ca ochiul omenesc să nu-i mai vadă! Leii-și lepădară părul de aur și ferecătura de pe gheare și dinți, și de supărați ce erau se făcură sălbatici; Zânele s-ascunseră prin grădini; florile, izvoarele și vânturile se supuseră voinței Zânei Zorilor, și razele seci, fără căldură și lumină, și astăzi se văd întinse pe cer colea în nopțile de vară...

Viața omenească stete locului, și timpul încetă de-a mai curge... Doi lei, doi zmei, doi balauri și doi năzdrăvani se pusera pază la punte... Cât a rămas Împărăția Zorilor astfel, aceea nu se știe și nici nu se poate spune... A trecut multă vreme așa fără să fi curs!

A înțeles și Sfânta Vineri că Zâna Zorilor s-a supărat; raza cea pustie și vântoasele ce cutreierau lumea întreagă i-au fost adus știre de mult...

She was half angry, half pleased,—angry because she could no longer see around her, and pleased because her brave Prince Charming had escaped and her beautiful neighbor was sorrowful. She was provoked, too, because her jug with the wonderful water was broken.

But when the lady saw that the darkness did not lessen, the light did not return, and even the very last sunbeam vanished from the earth, she realized that the Fairy Aurora was not joking, and she ordered the whirlwinds to set out together and remove the great veil on the frontiers of the empire, that light might enter the world.

The winds departed, each one more furious, fiercer, and more terrible than the other - as whirlwinds usually are. It seemed as if they were taking the world away with them, and meant to stay no longer. They reached the veil and dashed against it. Oh, how strong they were! But the veil did not move.

The whirlwinds blew against it again and again, three times in succession, then they gave up the attempt. They saw that the veil was firmer than the earth itself. After lingering a few moments they returned, wearied and covered with disgrace, and once more circled around the earth in their wild rage.

You can imagine what happened to everything that came in their way. Nothing good in any case!

The whirlwinds returned to the lady and told her about the veil. She was now not only half-angry, but wholly enraged, so she sent the whirlwinds to the emperor's court to tell Petru he must meet with the Fairy Aurora and promise to do whatever she asked, that light might return to the world.

The whirlwinds set out again—this time somewhat more slowly and peacefully, as people leave in a good will.

S-a supărat de jumătate, iar de cealaltă jumătate s-a bucurat: s-a supărat pentru că nu mai putea să mai privească în căutătoare și s-a bucurat pentru că vedea pe Făt-Frumosul său cel voinic scăpat și pe vecina sa cea frumoasă și tristă... A mai fost apoi necăjită pentru că i s-a fost spart ulciorul cu apa cea minunată.

Când Sfânta Vineri văzu însă că întunerecul nu mai încetează, lumina nu mai vine, și când pieri și cea din urmă rază de pe pământ, zic când Sfânta Vineri văzu că Zâna Zorilor i-a trecut de glumă, ea porunci vântoaselor ca să pornească toate împreună, să se izbească în vălul cel mare de la marginea împărăției să-l miște din loc și să facă ca lumina să curgă în lume.

Vântoasele porniră... care de care mai turbate, care de care mai grozave și mai înfricoșate... cum merg adică vântoasele... Ți se părea că au să ia lumea cu sine și să nu se mai oprească în loc cu ea. Ajunseră la văl... se izbira în el... și cum se izbira?... Vălul nu se mișcă!... Vântoasele se mai izbira o dată... apoi încă o dată... adică de trei ori una după alta... Și apoi nu se izbiră mai mult... văzură cum că vălul stă mai țeapăn decât pământul în țâțânele sale... Stătură câteva clipe locului - rușinate și obosite se întoarseră după aceea îndărăt și înconjurară o dată lumea în mânia lor cea turbată...

Ce a fost calea lor?... Acuma-și poate gândi fiecare ce a fost! Bine cu de-a-bună seamă-a putut fi! Vai și amar!...

Vântoasele sosiră acasă și spuseră Sfintei Vineri cum și ce e cu vălul. Sfânta Vineri se supără acuma și de cealaltă jumătate: trimise vânturile la curtea împăratului ca să ducă lui Petru vorbă și sfat: să meargă să stea de vorba cu Zâna Zorilor și să facă ce va face, ca să aducă lumina în lume.

Vântoasele porniră de-a două oară... acuma ceva și mai încet... mai nepripit... ca și când pleci adică în treabă bună și la om...

They reached the palace. Petru was not there. The whirlwinds began to act somewhat more willfully. Petru had perished on the way. The whirlwinds circled around the palace from the left, then from the right, then from the center, turned it, twisted it, raised it, and hurled it, till there was nothing left of it. Then they returned to the lady's hut with the news of Petru's death.

"Go into the world, every one of you, move every thing that can be moved, and find Petru. Bring him to me dead or alive!" said the lady, after she had heard the sad news.

For three days and three nights the whirlwinds did not stop blowing. Three times they uprooted trees, drove the rivers from their beds, dispersed the clouds by beating them against the rocks, swept the bottom of the sea and destroyed the surface of the earth. It was all in vain. They came back to the house, each one more tired, angry and mortified than the other. Only one still lingered: the Spring wind, the soft, lazy, warm Spring wind. What had become of him? They all knew that he could not have accomplished much. Who knows? Weary as he was, he had perhaps laying down somewhere in the shade.

Nobody troubled his head any more about him. Suddenly, after a short time, when all were racking their brains to discover Petru, the leaves began to stir gently. The lady felt the soft air, and went out. "What news do you bring?" she asked the favorite of all the winds.

"Sad, very sad, yet good," — whispered the young wind. "After I grew tired of so much searching, destroying, and pulling, I reached an empty well, and, being rid of my brothers, thought I would rest a while before setting off for home."

"And you found Petru at the bottom of the well?" shouted the lady, joyfully.

Ajunseră la curte... Petru nu e!... Vântoasele începură a se mișca mai a străin.

Petru a pierit în cale. Vântoasele luară curtea din stânga... apoi din dreapta... apoi din mijloc... O întoarseră, suciră, ridicară și aruncară până ce nu se mai alese nimic din ea... După aceea porniră cu vestea despre moartea lui Petru către coliba Sfintei Vineri.

- Porniți cu toții în lume; mișcați tot ce e de mișcat și aflați pe Petru. Viu sau mort mi-l aduceți! porunci Sfânta Vineri după ce auzi vestea cea tristă. Trei zile și trei nopți vântoasele nu mai steteră...

De trei ori scoaseră copacii din rădăcini, de trei ori scoaseră râurile din cursul lor; de trei ori sfărâmară nourii izbindu-i de stânci; de trei ori măturară fundul mării și de trei ori prăpădiră fața pământului. Toate fură în zadar!... Ele intrară acasă care de care mai obosite care de care mai mânioase și mai rușinate.

Numai una n-a sosit încă; vântul cel de primăvară, leneș, moale și întârziatic... Unde să fi rămas?... Toți știau că multă treaba n-o fi fost să facă... Cine știe... de obosit ce-o fi fost s-a pus undeva la răcoare...

Nimeni nu-și bătea capul cu el. Iacă, odată, într-un târziu după ce toată lumea s-a mai rupt cu gândul de a mai afla pe Petru, frunzele începură a se mișca. Sfânta Vineri simți molătatea suflării și ieși afară.

- Ce veste aduci? întrebă pe cea mai dragă dintre vântoase.

- Tristă e de tristă dar bună-i de bună, șopti vântul cel tânăr. După ce m-am fost obosit de atâta cercetare, de atâta spart și prădare dădui de-o fântână seacă și cugetai să intru în ea ca scutit de surorile mele să mă mai odihnesc mai-nainte de a porni către casă.

- Și-n fundul fântânei aflași pe Petru? strigă Sfânta Vineri plină de bucurie.

"Yes, and his horse by his side."

"May your speech be sweet, your breezes soft, and may you ever bring good tidings!" said the lady; then she commanded him to quickly go to her sister, the witch and tell her she must be ready with the gold crucible, for Petru needed to be saved: from there the Spring wind was to rush to the witch and tell her she must come to the well with the water of life.

"Do you understand?" said the lady. "And go as fast as you can," and they all set off together.

They reached the deserted well. There was nothing left of Petru except bones and ashes. The witch took the bones and fitted them together—not a single one was missing.

The lady ordered the whirlwinds to search the bottom of the well, turn up all the dust, and collect Petru's ashes. This was done. The witch made a fire, gathered the dew from the flowers into the gold crucible, and set it on the flames.

When the water began to boil, the witch repeated three spells, looked once to the east, once to the west, once to the north, and once to the south, and threw the herb of life into the boiling water.

The lady did the same with Petru's ashes. The witch counted one, two, three, and took the crucible off the fire.

Petru's ashes and the herb of life were made into a fragrant salve. The Spring wind blew upon it once and stiffened it, then Petru's bones were smeared with it seven times from head to foot, seven times from foot to head, seven times across one way, and seven times across the other, and, when this was done, up sprang the hero, a hundred thousand times more handsome, braver, and prouder than before.

"Jump on the horse!" said the lady.

- Da! și pe Murgul de o parte.

- Dulce-ți fie vorba, dragu-ți fie sufletul, și pururea veste bună s-aduci! zise acuma Sfânta Vineri către vântul cel de primăvară, îi porunci apoi ca să se repeadă până la Sfânta Joie și să-i spună ca să gătească cu tigaia de aur, că de Petru nu e bine, să sară d-acolea până la Sfânta Miercure, și să-i spună ca să vină la sfântă cu apa vieții.

- Înțeles-ai? îi mai zice Sfânta Vineri. Să fii cu-n picior aici, cu unul acolo! Și porniră cu toții...

Sosiră cu toții la fântâna cea părăsită... De Petru nu era decât os și cenușă. Sfânta Miercure luă oasele și le încheie laolaltă... Nu lipsea nici unul.

Sfânta Vineri porunci vântoaselor ca să desfunde fântâna, s-arunce pulberea în sus și s-adune cenușa lui Petru... Toate se făcură... Sfânta Joie făcu foc, culese roua de pe frunze în tigaia cea de aur... și puse tigaia pe foc...

Când apa începu a fierbe, Sfânta Miercure zise trei vorbe... privi o dată către răsărit, o dată către apus, o dată către miază-zi, o dată către miază-noapte, apoi aruncă iarba vieții în apa cea fiartă. Tot așa făcu și Sfânta Vineri cu cenușa lui Petru. Sfânta Joie numără după aceea, unul, două, trei și luă tigaia de pe foc.

Din cenușa lui Petru, din roua și din iarba vieții s-a fost făcut o unsoare mirositoare. Vântul cel de primăvară suflă o dată peste ea, și unsoarea se slei. Acuma unseră oasele lui Petru cu unsoarea de șapte ori în jos, de șapte ori cruciș, tot de atâtea ori curmeziș... și când fuseră gata, Petru sări în picioare... de o sută și pe de o mie de ori mai frumos decât cum a fost... de o sută și pe de o mie de ori mai voinic și mai fălos decât cum a fost!

- Săi pe cal, voinice! zise Sfânta Vineri.

As soon as the horse felt his master on his back, he began to neigh and stamp. The animal was more spirited than ever.

"Where shall we go?" the horse asked happily.

"Home," replied Petru.

"How shall we ride?"

"Like a curse."

Petru expressed his gratitude for their help and headed off; he rode and rode as fleetly as a curse flies, till he came to the emperor's court.

Nothing was left of the palace except the ground where it had stood. No trace of any human being who could have uttered a word or given any tidings was to be found. At last old Birscha came out of a ruined cellar. Petru learned what had happened and its cause, turned his horse, and went back even more swiftly than he had come.

He did not even stop to take breath until he reached the Fairy Aurora's kingdom. The time that had passed since every thing had been in the condition the queen had commanded, can not be told in words.

It must have been a long period.

When Petru reached the bridge the sun had only three bright rays, seven warm, and nine cold ones left; all the others had gradually been lost.

The Fairy Aurora felt the presence of someone special, for it seemed just as it had done when she woke from the dream that had made her so sad. She was longing for something, she knew not what, just as she had then.

"Who is coming?" she asked in a low tone.

"Hold firmly, master," said the horse.

Îndată ce Murgul simți pe stăpânul său în spatele sale, începu a necheza și a scăpăra din picioare... Era mai viu decât cum a fost cândva!

- Unde pornim? întrebă vesel.

- Către casă! răspunse Petru.

- Cum să mergem?

- Ca blestemul!

Petru mulțămi de vorbă și treabă, se întinse apoi la cale și merse... merse... cum merge adică blestemul, până ce ajunse la curtea împăratului. De curte nu mai era decât locul... Nu vedeai urmă de om, de la care să poți auzi o vorba sau o veste... iacă într-un târziu Barsa ieși din fundul unei pivniți mucezite.

Petru înțelese ce e, cum din ce pricină, întoarse frâul Murgului și merse mai repede decât cum a venit.

Nici nu răsuflă până la Împărăția Zorilor. Câtă vreme a trecut, de când a rămas, cum a fost să rămâna trebile-n Împărăția Zorilor, aceea cu vorbă și grai nu se poate spune.

Multă vreme a trebuit să treacă!...

Când Petru sosi la punte, în soare nu mai erau decât trei raze luminoase, șapte calde și nouă seci... celelalte toate le-a fost lepădat cu de-amănuntul... Când Petru se opri cu Murgul, toată lumea se opri cu el ca să vadă ce va fi să fie acuma.

Zâna Zorilor simți, cum că ceva deosebit trebuie să fie în apropiere, că-i părea că tocmai acuma s-a deșteptat din visul cel ce-a făcut-o tristă... Ea dorea... nu știa ce... tocmai ca și atuncea...

- Cine vine? întrebă cam cu jumătate de gură.

- Ține-te bine stăpâne! zise Murgul.

111

Petru struck in the spurs, drew the bridle, and felt nothing until he was on the other side of the bridge.

"The hero is coming! Over the bridge!" shouted the guards, waving their hands in the air.

The Fairy Aurora did not move nor speak.

Petru suddenly rushed up to her, clasped her in his arms, and kissed her—just as fairy princes always kiss bewitching fairies.

The lovely fairy queen felt as she had never felt before. She said nothing more, asked no more questions, but made a sign to have the horse led into the stables of the sun, and entered the palace with Petru. The fairies began to smile merrily, the flowers to smell sweetly, the springs to pour forth clear waters, the winds to blow cheerily, the wheel of life whirled faster than a top, the black veil fell, and the radiant sun rose high in the heavens, higher than it had ever done before. And in the world there was a light like the sun's, so that for nine years, nine months, and nine days it was so terribly bright that nothing could be seen.

Petru rode home, brought back his old father and mother, had a wedding so magnificent that tidings of it spread through ninety-nine countries, and became emperor of both kingdoms.

His brothers, Florea and Costan, had their sight restored so that they might witness Petru's happiness.

This, dear children, was the story of Petru, the Prince Charming and the Fairy Aurora, queen of the Land of the Sun.

Petru lived and reigned in peace and health, and who knows whether, by God's help, he may still be reigning.

The end

Petru strânse din pinteni, trase din frâu și nici nu se simți până ce fusese de cealalta parte de punte.

- Voinic vine peste punte! strigară păzitorii ridicându-și pălăriile din cap.

Zâna Zorilor nu se mai mișcă din loc și nu mai grăi nici o vorbă... Ca pe nevăzute sări Petru la ea, a cuprins-o în brațe, și o sărută... cum sărută adică Feții Frumoși pe zânele drăgăstoase!

Împărăteasa Zorilor simți că simte ce n-a mai simțit... Nu mai vorbi, nu mai întrebă, ci făcu semn ca să bage pe Murgul în grajdul soarelui și intră cu Petru în casă...

Zânele începură a zâmbi vesel; florile începură a mirosi dulce; izvoarele deteră a curge limpede; vânturile se prefăcură în cântec de bucurie: roata vieții începu a se întoarce mai repede decât prisnelul; valul cel negru căzu la pământ și soarele strălucitor se ridică în sus către ceruri... sus... mai sus decât cum a fost cândva... și-n lume se făcu lumina ca fața soarelui încât nouă ani, nouă luni și nouă zile oamenii nu văzură nimic de lumina cea înfricoșată.

Petru merse acasă, aduse pe tatăl său cel bătrân și pe mama sa cea bătrâna, făcu o nuntă încât îi merse vestea-n nouăzeci și nouă de țări și se făcu împărat peste amândouă împărățiile.

Iară fraților Florea și Costan li se dete lumina ochilor ca să vadă și ei fericirea lui Petru.

Asta a fost, dragii mei cei buni, povestea lui Petru Făt-Framos cu Zâna Zorilor din Țara Soarelui.

Petru a trăit și a împărățit cu pace și cu sănătate... și doară mai împărătește și astăzi cu ajutorul lui Dumnezeu.

Sfârșit

Reflection Publishing LLC
P.O.Box 2182, Citrus Heights, CA 95611-2182
Tel: (916) 604-6707; Website: www.reflectionbooks.com

www.ingramcontent.com/pod-product-compliance
Lightning Source LLC
Chambersburg PA
CBHW071407170626
46811CB00003B/1293